DAGUERREOTIPOS

Copyright do texto © 2008 by Marcus Accioly
Copyright da edição © 2008 by Escrituras Editora

Todos os direitos reservados à
Escrituras Editora e Distribuidora de Livros Ltda.
Rua Maestro Callia, 123
04012-100 – Vila Mariana – São Paulo, SP
Tel.: (11) 5904-4499 / Fax: (11) 5904-4495
escrituras@escrituras.com.br
www.escrituras.com.br

Editor
Raimundo Gadelha

Coordenação editorial e gráfica
Fernando Borsetti

Capa
Clara Negreiros e Eduardo Dalla Nora sobre o modelo de Rodin -
Camille Claudel - 1884
Foto do autor - Marlene

Editoração eletrônica
Ligia dos Santos Daghes

Impressão
Bartira Gráfica

```
Dados  Internacionais  de  Catalogação  na  Publicação   (CIP)
       (Câmara  Brasileira  do  Livro,  SP,  Brasil)

    Accioly, Marcus
       DaguerreÓtipos / Marcus Accioly. -- São Paulo :
    Escrituras Editora, 2008.

       ISBN 978-85-7531-311-4

       1. Poesia brasileira I. Título.


08-10148                                          CDD-869.91
```

Índices para catálogo sistemático:
1. Poesia : Literatura brasileira   869.91

Impresso no Brasil
Printed in Brazil

DAGUERREÓTIPOS
MARCUS ACCIOLY

escrituras
São Paulo, 2008

Para *Saulo Neiva*
e *Didier Lamaison* –
tanto na França
quanto no Brasil.

SUMÁRIO

DEZ EPÍGRAFES 17
0°. DAGUERREÓTIPO 23
1°. **1940** JOHN LENNON 24
2°. **1940** JOSEPH BRODSKY 25
3°. **1932** SYLVIA PLATH 26
4°. **1932** VICTOR JARA 27
5°. **1931** JAMES DEAN 28
6° **1930** MÁRIO FAUSTINO 29
7°. **1930** RENATO CARNEIRO CAMPOS 30
8°. **1929** CARLOS PENA FILHO 31
9°. **1928** "CHE" GUEVARA 32
10°. **1926** ALLEN GINSBERG 33
11°. **1926** MARILYN MONROE 34
12°. **1926** NEAL CASSADY 35
13°. **1925** YUKIO MISHIMA 36
14°. **1925** CLARICE LISPECTOR 37
15°. **1924** MARLON BRANDO 38
16°. **1923** ITALO CALVINO 39
17°. **1921** BRENO ACCIOLY 40
18°. **1920** PAUL CELAN 41
19°. **1920** JOÃO CABRAL DE MELO NETO 42
20°. **1917** VIOLETA PARRA 43
21°. **1917** HERMILO BORBA FILHO 44
22°. **1917** JUAN RULFO 45

23º.	**1915** ANTÔNIO HOUAISS	46
24º.	**1915** GRANDE OTELO	47
25º.	**1914** DYLAN THOMAS	48
26º.	**1914** WILLIAM BURROUGHS	49
27º.	**1913** ALBERT CAMUS	50
28º.	**1912** LUIZ GONZAGA	51
29º.	**1912** NELSON RODRIGUES	52
30º.	**1911** MAURO MOTA	53
31º.	**1910** JEAN GENET	54
32º.	**1910** AKIRA KUROSAWA	55
33º.	**1908** CESARE PAVESE	56
34º.	**1907** FRIDA KAHLO	57
35º.	**1907** WYSTAN HUGH AUDEN	58
36º.	**1903** JORGE CUESTA	59
37º.	**1903** MARGUERITE YOURCENAR	60
38º.	**1903** PEDRO NAVA	61
39º.	**1902** CARLOS DRUMMOND DE ANDRADE	62
40º.	**1902** FELISBERTO HERNÁNDEZ	63
41º.	**1901** CECÍLIA MEIRELLES	64
42º.	**1901** ABGAR RENAULT	65
43º.	**1899** JORGE LUIS BORGES	66
44º.	**1899** ERNEST HEMINGWAY	67
45º.	**1899** YASUNARI KAWABATA	68
46º.	**1898** GARCIA LORCA	69
47º.	**1897** JOAQUIM CARDOZO	70
48º.	**1897** LAMPIÃO	71

49º. **1896** ANTONIN ARTAUD 72
50º. **1895** SIERGUÉI IESSIÊNIN 73
51º. **1895** ASCENSO FERREIRA 74
52º. **1894** FLORBELA ESPANCA 75
53º. **1893** VLADIMIR MAIAKOVSKI 76
54º. **1892** WALTER BENJAMIN 77
55º. **1892** ALFONSINA STORNI 78
56º. **1891** HENRY MILLER 79
57º. **1891** ÓSSIP MANDELSTAM 80
58º. **1890** MÁRIO DE SÁ-CARNEIRO 81
59º. **1889** CORA CORALINA 82
60º. **1889** ANNA AKHMATOVA 83
61º. **1889** VASLAS NIJINSKY 84
62º. **1888** FERNANDO PESSOA 85
63º. **1887** CARLOS GARDEL 86
64º. **1886** MANUEL BANDEIRA 87
65º. **1884** AUGUSTO DOS ANJOS 88
66º. **1884** ALBINO FORJAZ DE SAMPAIO 89
67º. **1883** FRANZ KAFKA 90
68º. **1882** VIRGÍNIA WOOLF 91
69º. **1881** STEFAN ZWEIG 92
70º. **1881** PABLO PICASSO 93
71º. **1881** LIMA BARRETO 94
72º. **1878** HORACIO QUIROGA 95
73º. **1874** JACK LONDON 96
74º. **1874** LEOPOLDO LUGONES 97

75º.	**1873** SANTOS DUMONT	98
76º.	**1871** MARCEL PROUST	99
77º.	**1867** ANTONIO NOBRE	100
78º.	**1866** EUCLYDES DA CUNHA	101
79º.	**1865** ÁNGEL GANIVET	102
80º.	**1865** JOSÉ ASSUNCIÓN SILVA	103
81º.	**1864** CAMILLE CLAUDEL	104
82º.	**1863** KONSTANTINOS KAVÁFIS	105
83º.	**1861** CRUZ E SOUSA	120
84º.	**1860** VARGAS VILA	121
85º.	**1855** CESÁRIO VERDE	122
86º.	**1854** ARTHUR RIMBAUD	123
87º.	**1854** OSCAR WILDE	124
88º.	**1854** APOLÔNIA PINTO	125
89º.	**1853** VAN GOGH	126
90º.	**1850** ROBERT LOUIS STEVENSON	127
91º.	**1850** GUY DE MAUPASSANT	128
92º.	**1849** AUGUST STRINDBERG	129
93º.	**1848** PAUL GAUGUIN	130
94º.	**1847** CASTRO ALVES	131
95º.	**1846** LAUTRÉAMONT	132
96º.	**1845** TRISTAN CORBIÈRE	133
97º.	**1844** FRIEDRICH NIETZSCHE	134
98º.	**1844** PAUL VERLAINE	135
99º.	**1842** ANTERO DE QUENTAL	136
100º.	**1841** FAGUNDES VARELA	137

101º. **1840** TCHAIKOVSKY 138
102º. **1840** EMILE ZOLA 139
103º. **1839** MACHADO DE ASSIS 140
104º. **1839** CASIMIRO DE ABREU 141
105º. **1837** CHARLES SWINBURNE 142
106º. **1835** CESARE LOMBROSO 143
107º. **1833** SOUSÂNDRADE 144
108º. **1832** LEWIS CARROLL 145
109º. **1831** ÁLVARES DE AZEVEDO 146
110º. **1830** EMILY DICKINSON 147
111º. **1830** ANTÔNIO CONSELHEIRO 148
112º. **1825** CAMILO CASTELO BRANCO 149
113º. **1823** GONÇALVES DIAS 150
114º. **1821** GUSTAVE FLAUBERT 151
115º. **1821** FÉDOR DOSTOIÉVSKI 152
116º **1821** CHARLES BAUDELAIRE 153
117º. **1818** EMILY BRONTË 154
118º. **1811** WILLIAM MAKEPEACE THACKERAY 155
119º. **1810** ALFRED DE MUSSET 156
120º. **1810** ROBERT SCHUMANN 157
121º. **1810** FRÉDÉRIC CHOPIN 158
122º. **1809** EDGAR ALLAN POE 159
123º. **1808** GÉRARD DE NERVAL 160
124º. **1805** CHRISTIAN ANDERSEN 161
125º. **1804** NATHANIEL HAWTHORNE 162
126º. **1802** VICTOR HUGO 163

127°. **1799** HONORÉ DE BALZAC 164

128°. **1795** JOHN KEATS 165

129°. **1795** NATIVIDADE SALDANHA 166

130°. **1792** PERCY SHELLEY 167

131°. **1788** ARTHUR SCHOPENHAUER 168

132°. **1788** LORD BYRON 169

133°. **1782** PAGANINI 170

134°. **1777** KLEIST 171

135°. **1776** E. T. A. HOFFMANN 172

136°. **1770** BEETHOVEN 173

137°. **1770** HÖLDERLIN 174

138°. **1762** ANDRÉ CHÉNIER 175

139°. **1757** WILLIAM BLAKE 176

140°. **1752** THOMAS CHATTERTON 177

141°. **1749** GOETHE 178

142°. **1744** TOMÁS ANTÔNIO GONZAGA 179

143°. **1740** MARQUÊS DE SADE 180

144°. **1725** CASANOVA 181

145°. **1705** "FARINELLI" 182

146°. **1688** ALEXANDER POPE 183

147°. **1623** GREGÓRIO DE MATOS 184

148°. **1608** JOHN MILTON 185

149°. **1579** TIRSO DE MOLINA 186

150°. **1564** WILLIAM SHAKESPEARE 187

151°. **1561** BENTO TEYXEYRA 188

152°. **1547** CERVANTES 189

153º. **1524** CAMÕES 190

154º. **1492** PIETRO ARETINO 191

155º. **1478** TOMÁS MORUS 192

156º. **1469** NICOLAU MAQUIAVEL 193

157º. **1431** FRANÇOIS VILLON 194

158º. **1265** DANTE ALIGHIERI 195

159º. **1261** DON DINIS 196

160º. **356 AC** ALEXANDRE, O GRANDE 197

161º. **413 AC** DIÓGENES 198

162º. **VII AC** SAFO DE LESBOS 199

163º. **850 AC** HOMERO 200

∞ 201

O SONETO

SAÍDA 203

O AUTOR 215

DAGUERREÓTIPOS

DEZ EPÍGRAFES

Os poetas não são bons, não podem ser bons; não o são no sentido moral, senão no trágico. Bons são os santos, que triunfam sobre o mal e retêm a dor. Os poetas triunfam sobre a dor e retêm o mal. Por isso tampouco são felizes, pois só se é feliz à medida que se é bom. Há que medir o santo por sua felicidade, o poeta pelo sofrimento que sente por causa de sua culpabilidade vital. Quem escapa da dor, vai dar no Mal; quem escapa do Mal, vai dar na dor. Esta é a posição que guarda o poeta frente ao santo.

Walter Muschg

O poeta seria um desertor odioso da realidade se, em sua fuga, não levasse consigo a sua desgraça. Ao contrário do místico ou do sábio, não saberia escapar de si mesmo, nem evadir-se do centro de sua própria obsessão: mesmo os seus êxtases são incuráveis e sinais premonitórios de desastres. Inapto para salvar-se, para ele tudo é possível, exceto sua vida.

Cioran

Um artista é uma criatura impelida por demônios. Não sabe por que razão eles o escolheram, e se acha, habitualmente, demasiado ocupado para perguntar a si próprio porque o fizeram. É completamente amoral, no sentido de que roubará, pedirá emprestado, esmolará ou furtará de quem quer que seja, a fim de realizar o seu trabalho (...) Se um escritor tiver de roubar sua própria mãe, não hesitará: a *Ode on a grecian urn* vale mais do que várias senhoras idosas.

William Faulkner

A literatura não é inocente e, no fim de contas, deveria confessar-se culpada (...) A literatura é mesmo um perigo como a transgressão moral. Sendo inorgânica, é irresponsável. Nada assenta sobre ela. Pode dizer tudo.

Georges Bataille

Não há ninguém que tenha alguma vez escrito, pintado, esculpido, modelado, construído, inventado, a não ser para sair do seu inferno (...) Foi assim que fecharam a boca de Baudelaire, Edgar Poe e Gerard de Nerval e do conde impensável de Lautréamont. Porque se teve medo que sua poesia saísse dos livros e desabasse sobre a realidade.

Antonin Artaud

O que há a fazer, porém, é a alma monstruosa: como fazem os comprachicos, pronto! Imagine um homem que implante e cultive verrugas na cara. Afirmo que é preciso ser vidente, fazer-se vidente. O poeta se faz vidente por meio de longo, imenso e racional desregramento de todos os sentidos (...) O poeta se torna o grande enfermo, o grande criminoso, o grande maldito, – e o sabedor supremo! – pois alcança o Insabido.

Arthur Rimbaud

O destino finalmente nos alcançou. Vamos ter a nossa *Temporada no Inferno* (...) Era o que andávamos pedindo e agora ei-lo aqui. Aden ficará parecendo um lugar aprazível. No tempo de Rimbaud ainda era possível trocar Aden por Harar, mas daqui a cinqüenta anos a própria Terra se reduzirá a uma única cratera. Apesar dos desmentidos dos cientistas, o poder que agora temos em nossas mãos é radioativo, é permanentemente destruidor. Jamais nos lembraremos do poder para o bem, só para o mal.

Henry Miller

É o que sucede com Rimbaud, de país em país; com Nietzsche, de lugar em lugar; com Beethoven, de casa em casa; com Lenau, de continente em continente. Todos eles têm dentro de si o chicote, a inquietação insuportável, a trágica inconstância do ser. Todos eles são joguetes de uma força desconhecida, condenados a nunca lhe poderem escapar, porque aquele que os move, circula-lhes febrilmente dentro de suas veias.

Stefan Zweig

Sempre pensei em fotografia como uma maldade.

Diane Arbus

Quando temos medo, atiramos, mas quando ficamos nostálgicos, tiramos fotos.

Susan Sontag

DAGUERREÓTIPOS

0°.

Dentro do teu caixão – câmara escura –
só quero revelar a dor, soneto:
negativo onde o mal se desfigura,
retrato colorido em branco-e-preto.

Sombra da imagem viva que remeto
para – dentro da folha ou placa dura
de prata e cobre em banho de iodeto –
ser lida em tua hermética estrutura.

Quero em catorze filmes dar à luz
ao mal que leva o bem até a cruz,
gritando, de loucura e de tristeza,

da máscara-de-ferro do teu verso
que – afivelada às faces do universo –
revela e esconde o rosto da beleza.

DAGUERREÓTIPO

1º.

Morto, entre os *beats*, foste um *pop-star*.
Vivo, entre os *Beatles*, eras a canção
que a juventude havia de cantar
com o batimento *zen* do coração.

Toda música vinha pelo mar,
pelo céu – de navio ou de avião –
para, em campo minado, detonar
– contra o blecaute – a luz da Geração.

Trouxe o pós-guerra a guerra novamente
e a herança da guerra, para sempre:
John Lennon foi ferido por um fã.

Ao matar o que canta – em Nova Iorque –
o que atirou só deu um leve toque
no gatilho do seu Vietnã.

JOHN LENNON
Inglaterra 09/10/1940   08/12/1980   **40**   *libra*

2º.

Tu eras *Menos que um* e és mais que todos
– pois és *Paisagem com inundação* –
foste o lobo dos homens que são lobos
e que mordem do tempo as previsões.

Levantaste na pá merdas e lodos
da nossa fossa – a civilização –
como honesto trabalho entre os engodos
dos cogumelos das devastações.

Ligaste do poema o seu motor
pisando fundo no acelerador
como um desgovernado pelo asfalto

girando a direção de cada rima
em cada verso, Brodsky, terra acima
e lua acima até o sol mais alto.

JOSEPH BRODSKY
Rússia   24/05/1940   28/01/1996   **55**   *gêmeos*

3º.

Com a idade da crise, Sylvia Plath,
isolaste a cozinha e abriste o gás.
Tua cabeça loura, para trás,
pendeu aos poucos: *consummatum est.*

Alguém fecha os teus olhos e te veste,
reza meia-oração e, não capaz
de chorar, põe à sombra do cipreste
teu corpo e escreve à pedra: "Dorme em paz".

Depois abre o teu livro e lê: "As fontes
estão secas e as rosas acabaram.
Dois suicidas, lobos da família".

E uiva, feito um coiote, até os montes,
porque todas as portas se fecharam
e nada, além de ti, na névoa brilha.

SYLVIA PLATH
Inglaterra   27/10/1932   11/02/1963   **30**   *escorpião*

4º.

Perdeste as tuas mãos a coronhadas
e coices, coices, coices de fuzil.
No Estádio (que era o Chile) cinco mil
pessoas viram, das arquibancadas,

teu massacre. Restaste de perfil,
olhando o quê? As mãos ensangüentadas
e partidas dos pulsos e quebradas
dos braços. Já não viste mais o vil

coronel Mario e, para erguer teu povo,
em sangue a tua voz cantou de novo,
como se não cantasse, como se

já estivesse do outro lado, Victor
Jara, já fosse a voz do teu espírito,
porque tu não cantavas mais aqui.

VICTOR JARA
Chile   28/09/1932   16/09/1973   **40**   *libra*

5º.

"Sou James Byron Dean: James – do ator –
e Byron – do poeta – e Dean – de mim
mesmo" – disseste e, ao ronco do motor
do *Porsche* prateado, foste ao fim.

Foi na fuga do mal que achaste a dor,
pois – *rebelde sem causa* – só assim:
tu terias a cor do sangue à cor
da jaqueta vermelha – "sangue ruim"

– à Rimbaud. Se o teu lema foi – "viver
rápido para (trágico) morrer
jovem" – então pudeste decidir:

em vez de criar fama e se sentir
– "um gato abandonado em Hollywood" –
eternizaste a tua juventude.

JAMES DEAN
Estados Unidos   08/02/1931   30/09/1955   **24**   *aquário*

6º.

Eras filho da minha Geração,
o mais velho talvez, Mário Faustino,
mas explodiste no ar – com o avião –
feito uma estrela sobre o céu andino.

Tinhas trinta e dois anos. Foste, então,
O homem e sua hora (ou o menino
e sua vez) que a voz do coração
secou de soluçar seu som de sino.

Perto estavas de Lima, no Peru,
já sobre Cerro de las Cruzes, tu,
quando o *flash* acendeu: "Fogo no gelo!"

Depois – à Conrad – foi "o horror, o horror".
Vida tratando a morte sem amor,
morte tratando a vida sem apelo.

MÁRIO FAUSTINO
Brasil   22/10/1930   27/11/1962   **32**   *libra*

7º.

Fazias tempestade em copo-dágua
sobre a mesa de um bar, em teu pernoite
de violento amor – briga de foice –
mas, no final de tudo, eras só lágrima.

Tinhas, de frente, o soco, atrás, o coice,
na boca, o verso, na garganta, a praga,
na carne, a unha que coçava a chaga,
mas, feito cada dia, eras só noite.

As tuas mãos de facas nas bainhas
dos bolsos, rebentavam suas linhas,
mas, nem frio nem morno, eras só quente.

Teus incêndios queimavam teus infernos
– purgatórios ardiam céus internos –
mas, em meio à fumaça, eras só gente.

RENATO CARNEIRO CAMPOS
Brasil   08/03/1930   31/01/1977   **46**   *peixes*

8º.

Tu não eras azul, eras o azul-
coral, dos arrecifes do Recife,
cujo vermelhazul é o mais difícil
de encontrar (só na luz de Pernambu-

co existem seus cristais nos ares fúl-
gidos). O sangue-azul do céu te disse
que, depois que calçaste e que vestiste
outra cor, Carlos Pena Filho, tu,

aos trinta anos – verde por contraste –
perigavas nos tons onde o desastre
quebra a asa da xícara no pires.

E o ônibus-destino, o susto, o freio,
as tintas misturadas pelo meio,
te esmagaram nas cores do arco-íris.

CARLOS PENA FILHO
Brasil   17/05/1929   01/07/1960   **31**   *touro*

9º.

Ernesto "Che" Guevara de La Serna,
te vejo na Bolívia, em *La Higuera*
maldita, estás ferido de uma perna
e sem a negra boina e a branca estrela.

Cheiras tão forte como um bicho cheira
(o animal que morava na caverna
em ti) na tua mão a guerrilheira
M-2 apagou sua lanterna.

À espera da morte, sobre o chão,
tens, no laço do próprio cinturão,
as asas amarradas feito um pássaro.

Com a primeira rajada do carrasco
te contorces de dor, tombas de bruços
e, para não gritar, mordes os pulsos.

"CHE" GUEVARA
Argentina   14/05/1928   08/10/1967   **39**   *touro*

10º.

Teu *Uivo* lambe a lua menstruada
e suja o céu e o mar de sangue, lobo,
o teu palmo de língua mede o dobro
que mede a minha mão – régua espalmada.

O meu latido sobe à noite – escada
sem corrimão e sem degraus – no arroubo
de abocanhar estrelas sobre o globo
com a desmedida voz escancarada.

Allen Ginsberg, conheço as maldições
que, transformando as drogas em canções
e as taras em poemas infernais,

marcaram tua e minha Geração.
Contudo, se és um lobo, eu sou um cão
e sabemos morder nossos iguais.

ALLEN GINSBERG
Estados Unidos   03/06/1926   05/04/1997   **70**   *gêmeos*

11º.

Eras um corpo, o corpo, o corpo, o corpo
da loura platinada – *blonde* – azul.
Anjo (paixão primeira e também última paixão) de costas e de rosto.

Eras, no Norte, o sonho desta Sul-
América-Central onde um piloto
pelas curvas sensuais do teu *glamour*
– à Onã ou não – corria feito um louco.

Marilyn Monroe, por que morreste? Como?
Overdose da CIA? Estás no cromo
nua como nasceste? Trinta e seis

anos? Os irmãos Kennedy? A máfia?
A ambulância? O helicóptero? A empáfia
do FBI? Talvez, talvez, talvez.

MARILYN MONROE
Estados Unidos   01/06/1926   05/08/1962   **36**   *gêmeos*

12º.

Foste tomando dose, dose, dose,
por estradas de ferro e/ou de asfalto.
Ficavas alto, alto, alto, alto,
feito as estrelas. Morto de *overdose*,

não sentiste sequer o sobressalto
da morte, pois disseste à vida: "Goze!"
Quando uma Parca escolhe e a outra cose,
corta a terceira o fio e a queda é um salto.

Era *O primeiro terço*: o velho Oeste,
as prisões, os veículos roubados.
Ó juventude, recebeste ou deste?

Neal Cassady, ator e personagem
das veias com seus rios estourados
por seringas e agulhas, que viagem!

NEAL CASSADY
Estados Unidos   08/02/1926   04/02/1968   **41**   *aquário*

13º.

Ó Yukio Mishima – ó *Confissões
de uma máscara* – tu, a espada e a pena,
samurai, encantaste teus leões
soprando a dupla flauta da anfisbena.

Foram-te – o sangue e a tinta – expiações,
pois, se a arte não corta, a mão gangrena
e os olhos cegam duas opções:
ou vida radical ou morte plena!

Marinheiro perdido para o mar.
Engenho de escrever e de lutar.
Arte da mente sã no corpo são.

Açulo a tua voz: "Aqui! Aqui!"
Até o *seppuku* – o *haraquiri* –
e a cerimônia da degolação!

YUKIO MISHIMA
Japão   14/01/1925   25/11/1970   **45**   *capricórnio*

14º.

Ó Clarice, Clarice, ó claridade
vermelha – de *maçã no escuro* – fogo
na brasa do cigarro, o incêndio e, logo,
a beleza que inflama o corpo que arde.

Chama que atrai a chama e chama a carne
nua e não crua – o todo, a parte, o todo
da mão queimada – a parte, o todo, a parte
da luz que acende a luz com a luz do rosto.

O acidente do sol, o crepitar
do cabelo em fumaça, o despertar
dos olhos sob o ardor e a dor perene.

Os pensamentos queimam suas asas,
queimam-se folhas, queimam-se palavras,
e renasces das cinzas feito a Fênix.

CLARICE LISPECTOR
Ucrânia   10/12/1925   09/12/1977   **57**   *sagitário*

15º.

Quem te viu de jaqueta em – *O selvagem* –
moço sobre uma moto, nem que alongue
a visão te imagina, na paisagem
de Tertioga, velho e de sarongue,

quase uma bola obesa na passagem
do jogo que é o tempo – pingue-pongue:
indo e voltando tua dupla imagem
vestida de jaqueta e de sarongue.

Da primeira película – *The man* –
Marlon Brando, gigante pequenino,
cresceste até o filme – *Superman*.

Pai de assassino e pai de suicida,
o que é que importa por quem tange o sino
da morte, ator, se interpretaste a vida?

MARLON BRANDO
Estados Unidos 03/04/1924 01/07/2004 **80** *áries*

16º.

Nasceste em Santiago de Las Vegas,
Cuba, mas logo após teu nascimento,
mudado para a Itália, às cabras cegas,
tateaste outra luz, sombra de vento:

o irreal escondido no elemento
real – roupa dobrada em suas pregas –
o convexo chapéu do firmamento
com seus coelhos de estrelas, cega-regas,

vaga-lumes e grilos do silêncio
de visíveis *cidades invisíveis*
como se um mar imerso, inverso, imenso,

pregado lá em cima, onde o menino
d*Os amores difíceis* de impossíveis,
é o barão Cosme, Italo Calvino.

ITALO CALVINO
Cuba   15/10/1923   19/09/1985   **61**   *libra*

17º.

Eras o tombo escada abaixo, Breno:
o acesso da loucura que escrevia
a prosa enrodilhada em poesia,
cuspindo – mamba-negra – seu veneno.

Eras o surto da esquizofrenia:
a raiz que rasteja no terreno
– entre planta e animal – o dente, o dreno
da seringa, a injeção da morte fria.

Eras o teu charuto aceso à boca:
flauta de fumo e fogo, cheia e oca
de voz e de silêncio e de fumaça,

fumada pela brasa até a cinza
da ferida de sangue que era a língua
chorando a gargalhada da desgraça.

BRENO ACCIOLY
Brasil   22/03/1921   13/03/1966   **44**   *áries*

18º.

Tua linguagem, feita de silêncio,
busca um outro – "promete-o para si" –
vendo a sombra dos pais subir no incenso
das câmaras de gás ao céu. Eu li

um verso teu que estala: "Beija o tempo
na boca". E um outro: "Não longe de ti".
Paul Celan, estás vivo em cada exemplo:
vivo em cada poema e morto aqui.

Foi o Nazismo o teu arquiinimigo.
Da Alemanha, em Paris buscaste abrigo,
mas, para trás olhaste com tal pena

que, caminhando pelas ruas, pelas
pontes, talvez até pelas estrelas,
tu te lançaste bêbado no Sena.

PAUL CELAN
Romênia 23/11/1920 aprox20/04/1970 **49** *sagitário*

19º.

Tua dor de cabeça era de origem
psíquica: bastava uma aspirina
e um copo dágua para a adrenalina
preencher o vazio da vertigem.

Tateavas com a mão uma caligem
imaginária sobre a esclera albina
como invisível crosta de fuligem
capaz de esfumaçar toda a retina.

Os teus dentes rilhavam nevralgias
terríveis e, com tais arritmias,
foste perdendo o chão, ganhando o teto,

entorpecendo o pé, minguando o braço,
e, perdido, encontraste um outro espaço
no tempo – João Cabral de Melo Neto.

JOÃO CABRAL DE MELO NETO
Brasil   09/01/1920   09/10/1999   **79**   *capricórnio*

20º.

A solidão roeu teu calcanhar
de Aquiles, Violeta Parra: o amor
arqueiro – à Paris ou à Cupido – do ar
fez descer sua flecha em tua dor.

Vivias de compor, compor, compor
(fazer do nada o tudo que é cantar
tudo) e, faltando tela à tua cor,
inventavas lençóis para pintar.

Porém veio a paixão pelo suíço
– por Gilbert Favré – e o suicídio
(ou a alma do negócio que foi feito

entre este mundo e o outro) aponta o Norte
da bússola da vida: o som da morte
– do tambor do revólver – no teu peito.

VIOLETA PARRA
Chile   04/10/1917   05/02/1967   **49**   *libra*

21º.

"Que doces apelidos tem o sexo!"
– dizias ao ouvir – ao *Sol das almas*
de azuis canaviais e verdes palmas –
gritos de palavrões sobre o reflexo

dos trilhos limpos, no vagão anexo.
Ó cópula do trem, bruscas e calmas
investidas dos ferros contra as almas:
"Que doces apelidos tem o sexo!"

Os que te chamam de *escritor maldito*,
não lêem o que no túnel foi escrito,
nem param, olham, nem escutam bem,

Hermilo Borba Filho, pois usaste
– além de outras palavras que inventaste –
só nomes ensinados pelo trem.

HERMILO BORBA FILHO
Brasil   08/07/1917   02/06/1976   **58**   *câncer*

22º.

Tu eras ambidestro com as palavras,
mas só te fez um livro cada mão,
que o ouro e a prata e o cobre, em tuas lavras,
extinguiram de vez o seu filão.

Diziam que, nas minas, sempre achavas
uma outra jazida, porém não
– rei Midas ao contrário – mais tocavas,
pois virava ouropel, ganga, carvão.

Tentaste as duas mãos ao mesmo tempo,
mas *O galo de ouro* (por exemplo)
Juan Rulfo, não saiu a ti também.

Diante dos dois livros que escreveste,
contigo a vida inteira concorreste,
mas sem te superar, tu, nem ninguém.

JUAN RULFO
México   16/05/1917   07/01/1986   **68**   *touro*

23º.

"O melhor fruto colhe-se mais tarde"
– disse alguém e era cega a tua foice
quando fosse ceifar, Houaiss, à noite,
dizendo: "Minha lâmpada não arde

– à Diógenes – mas, último aloite,
lustro as letras e o verbo desencarde
a sua crosta verde de azinhavre
até o osso da luz: jã-de-la-foice".

E seguiste, pequeno sob as árvores
e grande contra as sombras, pelos rastros
dos olhares das luas e das aves

e dos bichos que cumprem calendário
noturno – desde a terra ao céu dos astros –
a galáxia do teu *Dicionário*.

ANTÔNIO HOUAISS
Brasil   15/10/1915   07/03/1999   **83**   *libra*

24º.

Tu eras tu, Sebastião Bernardes
de Sousa Prata – flor de cogumelo –
sol (guarda-chuva contra as tempestades)
fazendo o dia feio ficar belo.

Cinza subindo à cor azul das tardes
para colher da luz o ouramarelo.
Mas, por teu filho e tua esposa no Hades,
foste o ator de *Medéia*, Grande Otelo:

Jasão negro, encenaste Jasão preto,
e, pequeno Jasão, Jasão anão,
pois – perdendo ou perdido do teu ímã –

quando o humor se tornou obsoleto
e o cinema se fez televisão,
já eras o anti-herói *Macunaíma*.

GRANDE OTELO
Brasil　18/08/1915　26/11/1993　**78**　*leão*

25º.

"Tomei dezoito uísques – Dylan Thomas
confessa – acho uma ótima lembrança".
Assim se despediu e entrou em coma
como alguém que, de súbito, se cansa.

Não sei, sabe Dionísio, se ainda tomas
tais doses de *overdose,* se ainda alcança
a tua mão o copo onde, na soma
de água e fogo, a morte – o gelo – dança.

"A força que te impele os verdes anos"
lança a saliva – o sal dos oceanos –
da terra até o céu. "Eu estou mudo

para dizer", por tua voz, poeta,
que a flor da vida nunca está completa,
pois só a morte é que completa tudo.

DYLAN THOMAS
Inglaterra 27/10/1914 09/11/1953 **39** *escorpião*

26º.

Mais que De Quincey – o ópio – Baudelaire
– o haxixe – mais que Jack Kerouac
– o LSD – um céu qualquer
tiveste à terra, quando Charlie Parkie

inflando a negra boca, sem sequer
tocar no bocal preto, uivou do sax
– até o Paraíso – um *blues*, um fax,
um telegrama à tua ex-mulher

– tão jovem, bela, louca e morta – Joan,
que na cabeça pôs uma maçã
e tu, ó Burroughs – à Guilherme Tell –

com a flecha de uma bala atravessaste
a maçã-da-cabeça e seu contraste:
a casca rubra e o roxo do papel.

WILLIAM BURROUGHS
Estados Unidos   05/02/1914   02/08/1997   **83**   *aquário*

27°.

Voaste contra um plátano com as rodas
do *Facel-Véga*. Um último desastre.
Borbulhou a notícia como as sodas
e as bolhas do champanhe. Era um contraste.

"Morreu Camus!" – disseram quase todas
as vozes de uma vez: "Que não se alastre
dos lábios da ferida a dor!" "Que podas
sejam feitas na árvore!" "Que a haste

que partiu seu pescoço leve um corte
e seja o tronco condenado à morte!"
Mas não se fez assim, a contumélia

voltou ao seu lugar: "Era um maldito
que, na Ponte Royal, ouviu um grito,
mas não era da França e sim da Argélia".

ALBERT CAMUS
Argélia   07/12/1913   04/07/1960   **46**   *sagitário*

28º.

Eras, Luiz Gonzaga, sem sanfona
e sem voz no Sertão, mais um na seca
onde Aderaldo e os olhos da rabeca
cearense cegaram de glaucoma.

Só a lua – mulher pernambucana –
espiava o menino, meio jeca
e tão levado (pelo amor) da breca
que, de pai-Januário e mãe-Santana,

levou, por Nazarena, surra dupla
e de casa fugiu e se escondeu,
não sob o acordeom, dentro da música.

Mas, em vez de gemer ou de chorar
qual criança que nasce, renasceu
de outra vagina – a boca – e foi cantar.

LUIZ GONZAGA
Brasil   13/12/1912   02/08/1989   **76**   *sagitário*

29º.

Nunca a unanimidade foi tão burra
como acerca de ti, pois, ao contrário
de – "Escritor" – pela tua orelha empurra
ouvido adentro a praga: "Reacionário".

És, saco de pancada que se esmurra
como um Judas no poste, o adversário
Nelson Rodrigues: lincham, fazem curra,
suruba com teu nome, anedotário.

Se acendes um cigarro – como Augusto
dos Anjos – teu teatro (o grande susto
que não se quer tomar) queima-se logo.

Foge a platéia e atores dos teus dramas
e, mariposa acesa pelas chamas
– qual Jean Cocteau – salvas o fogo.

NELSON RODRIGUES
Brasil 23/08/1912 21/12/1980 **68** *virgem*

30º.

A dor, que faz gemer e faz cantar,
te fez chorar *As elegias*. Quase
passavas a existência sem passar
– à Otaviano – pela vida (fase

de brancas nuvens ou talvez de estase
literária) mas houve o despertar
da morte, Mauro Mota, e em verso ou frase,
a dor, que faz sentir, te fez chorar.

Quando (vendo que o moço estava tarde)
leste no tempo que despertarias,
o teu relógio estava pela idade

do caranguejo, tudo era distância,
mas – salmão ante a queda dos teus dias –
saltaste do futuro para a infância.

MAURO MOTA
Brasil   16/08/1911   22/11/1984   **73**   *leão*

31º.

"Criança abandonada rouba os pais
que a adotaram e, após fugir da Casa
de Correção, com adultos marginais,
vai na vida viver na viva vasa

onde se prostitui" – eis nos jornais
a manchete de Sartre, a nota rasa
que, Genet, faz pousar sobre os anais
da criminalidade a tua asa

para desencerrar o vôo ao cimo,
pois, se buscar o mal, como a um bem
– conforme diz Bataille – está no imo

da tua transgressão, é porque tal
instinto não se adota, ele advém
de uma literatura que é o mal.

JEAN GENET
França　19/12/1910　15/04/1986　**75**　*sagitário*

32º.

Tentaste o suicídio e, não morrendo,
viraste – "O Luminoso" – tu, Akira
Kurosawa. Decerto o mundo gira
e eis o Japão, antípoda, movendo

os pés aos nossos pés, como uma tira
de filme do outro lado, quase sendo
– *Dersu Uzala* – ou o homem parecendo
formiga-lava-pé ou taçuíra.

Foste um pintor filmando um samurai
e pintando o pintor Van Gogh. Sai
da câmara de luz a cor da voz

– *Rapsódia em Agosto* – um olho grande:
a bomba, o cogumelo que se expande
"olhando ferozmente para nós".

AKIRA KUROSAWA

Japão   23/03/1910   06/09/1998   **88**   *áries*

33º.

"Não se culpe a ninguém de minha morte"
– sou Cesare Pavese. Quantos tubos
eu precisei tomar de barbitúricos?
Só um e nada mais. Não quis o corte

nos pulsos, nem a corda no pescoço,
ou no ouvido o disparo. Errei. "Já basta
de palavras: um gesto e (sei do esforço)
não mais escreverei". Pertenço à casta

dos suicidas. Fora a minha vida!
Acho que entrei melhor pela saída
na falta da beleza e da verdade.

Adeus, adeus, adeus século vinte!
Só dei um passo atrás, pois, no seguinte,
estava em frente já da eternidade.

CESARE PAVESE
Itália 09/09/1908 27/08/1950 **41** *virgem*

34º.

Tu não tiveste apenas uma vida
mas, pelo menos, sete (feito um gato)
ou talvez sete vezes sete, Frida
Kahlo, cada existência em cada ato.

Por um ferro tu foste introduzida
em um desastre (e te sentiste um rato)
com *A coluna* – pintaste a dor – *partida*,
mas te emendaste no melhor formato.

As cores devolveram tua forma
e não seguiste regras, mas a norma
de pintar aos pedaços o teu corpo:

cabelos, sobrancelhas, olhos, boca,
pintando a ti qual se pintasse a louca
chama da vela que apagou o sopro.

FRIDA KAHLO
México   06/07/1907   13/07/1954   **47**   *câncer*

35º.

"Os desejos do coração – à Auden –
são tortuosos como um saca-rolhas".
E ele foi caracol, com suas folhas
helicoidais, vivendo como pôde

viver, pois existir é natural.
Envelheceu, após perder a mãe,
curtindo a efervescência do champanhe
e o amor para o bem além do mal.

Se o seu *Funeral blues* abriu o mundo
e o fechou – guarda-chuva – e o pôs atrás
da porta, entre os invernos glaciais,

por que não pôs no sótão e/ou no fundo
porão – com cadeados e ferrolhos –
a dor e o mal, nas grades, feito os loucos?

WYSTAN HUGH AUDEN
Inglaterra 21/02/1907 29/09/1973 **66** *peixes*

36°.

Quantas mortes tiveram tuas vidas,
Jorge Cuesta? Cortaste teus testículos,
abriste aos pulsos rios de feridas
e te enforcaste aos nós dos suicídios.

Como se fossem poucos tais martírios,
enfiaste nos olhos as compridas
unhas, depois que olhaste aves e lírios
de asas cortadas, pétalas caídas.

Chamando *J*orge Sand – "o Hermafrodita" –
Lamartine – "a Cigana Lastimosa" –
e injuriando o credo dos artistas,

foste a doença da loucura escrita
– uma mutilação em verso e prosa –
"o mais triste de todos alquimistas".

JORGE CUESTA
Espanha   21/09/1903   13/08/1942   **38**   *virgem*

37°

Nunca chegaste a ser a noite e, sendo
depois e antes da noite, eras o dia
e a lembrança da noite onde, batendo
contra as grades da lua, um louco havia.

E passava uma barca que corria
quarenta anos pelo rio, lendo
nas páginas da água o que escrevia
o V da quilha: Vida. Que remendo

punhas nas tuas velas, Yourcenar,
quais manchas verdes sobre o azul do mar?
Nunca chegaste a ser a noite fora,

mas, se de dentro em noite transbordavas,
polias teu escuro e, luz, lavavas
as estrelas do céu a toda hora.

MARGUERITE YOURCENAR
Bélgica   08/06/1903   17/12/1987   **84**   *gêmeos*

38º.

A vida não dá soca e só se emenda
com a alma dentro. Não partiste a vida,
porém da vida – beco sem saída –
pondo em teu coração tua contenda.

Cada alfinete dói na tua renda
frágil, pois toda a teia foi rompida
e as Cassandras põem álcool na ferida
para cauterizar, com fogo, a fenda.

Ó Pedro Nava – em teu *Baú de ossos* –
nada são flores, tudo são destroços,
e o verme é aquele que te rói a história.

Lembro-te de perfil contra o crepúsculo:
como eras grande, como estás minúsculo,
mas como és vivo dentro da memória!

PEDRO NAVA
Brasil   05/06/1903   13/05/1984   **80**   *gêmeos*

39º.

De mãos azuis e de óculos azuis
(veias cutâneas e olhos claros) tu,
vendo céu, mar e terra e tudo azul,
eras tão transparente que supus

filho da via-láctea, leite e luz
das estrelas não vistas a olho-nu
no espaço de Gagárin. Porém fulguravas sob penas de avestruz

(ou nuvens negras como *King-Kong*
sem Ann Darrow e sobre o *Empire State).*
E – rastro azul de rabo de foguete

à lua de Aldrin, Collins e Armstrong –
seguiste a filha morta, além, Drummond,
queimando o som da luz na luz do som.

CARLOS DRUMMOND DE ANDRADE
Brasil   31/10/1902   17/08/1987   **84**   *escorpião*

40º.

Tinhas, na sala, um elefante escuro
com dentes de marfim – o teu piano –
paquiderme sonoro que, no apuro,
te propiciava o pão cotidiano.

Outro animal havia em outro plano
da tua casa – o teu cavalo puro-
sangue – que, mesa ou árvore, por ano,
dava um conto ou um fruto ao teu futuro.

O elefante e o cavalo, Felisberto
Hernández, não saindo a céu aberto,
compartilhavam, bichos, do teu drama

de viver sem dinheiro, poder, fama,
por não caçar – feito a serpente ou o gato –
a glória que sabias ser um rato.

FELISBERTO HERNÁNDEZ
Uruguai 20/10/1902 13/01/1964 **61** *escorpião*

41º.

Tu, ainda no ventre, com três meses,
perdeste o pai e, quando a mãe morreu,
tinhas três anos. Órfã duas vezes,
a infância foi um bem que se perdeu.

Três filhas tu tiveste e quando o teu
marido culminou os seus reveses
com o suicídio, tu culpaste o céu
e o mar dos brasileiro-portugueses.

Mas, ao perderes teu pintor, Cecília
Meirelles, desfechaste cada lance
de vida contra a vida, até o câncer.

Que te importava a morte na família,
se a dor foi tudo e foi o mal a chance
que a poesia pôs ao teu alcance?

CECÍLIA MEIRELLES
Brasil   07/11/1901   09/11/1964   **63**   *escorpião*

42º.

Precisavas, urgente, de um revólver
para matar o tempo, o tempo, o tempo
que contra ti pesava – necrológio
antecipado – véu no céu cinzento.

Dentro da cova ainda se revolve
a tua múmia – sonho em sono lento –
como se consultasse o seu relógio-
de-areia em ponto, à hora do silêncio.

Continuas assim? Ah, sim, assim
não, Abgar Renault, alfim, enfim,
o teu pó não pesava e a terra pesa.

O pêndulo da morte vem e vai.
Leitura em braile – *Sofotulafai*:
"O cego tudo quanto fita cega".

ABGAR RENAULT
Brasil   15/04/1901   31/12/1995   **94**   *áries*

43º.

Ai da tua cegueira! O teu "crepúsculo
lento, estival", com nuvens cor-de-rosa,
é um sol que foi ficando, ao céu, minúsculo
e se escondeu por trás da vagarosa

lua – invisível sombra. "Adeus, ó rosa!"
– disseste à rubra flor do verde arbusto
e o canto – a poesia – e o conto – a prosa –
foi medida em teu leito de Procusto.

Fez-se o silêncio voz, Jorge Luis
Borges, da tua luz que se apagava
como um dia feliz, noite infeliz.

Tiveste os sons (onde eram tons vermelhos)
de um tigre, um cão de ouro, que guiava
teus pés nos labirintos dos espelhos.

JORGE LUIS BORGES
Argentina   24/08/1899   14/06/1986   **86**   *virgem*

44º.

"A todos quebra o mundo e muitos ficam
mais fortes nos lugares já quebrados",
onde os ossos melhor se calcificam,
mas "mata o mundo os que, determinados,

não se deixam quebrar". Ai dos coitados
e dos bravos também, porque fabricam
covardia e coragem! Aos pobres diabos,
que somos nós, os santos sacrificam.

Tenho a minha *Angelini e Bernadon*
– calibre 12 – um tiro é pouco, o som
dos dois canos responde à voz da selva.

Eis ferido o leão pelo elefante.
Nem um bilhete escrevo. Neste instante
eu sou Hemingway descendo à relva.

ERNEST HEMINGWAY
Estados Unidos   21/07/1899   02/07/1961   **61**   *câncer*

45º.

No teu *País das neves*, Kawabata,
desceu do céu – até seguir viagem
dentro de Shimamura – a Via Láctea
com seu surdo ruído de engrenagem.

Ai, e dentro de ti, pela passagem
do coração, decerto que a galáxia
também baixou seu trem de aterrissagem
atravessando, em pouso, a nuvem ácida.

Não insisto se existe explicação,
mas encheste de gás cada pulmão
para subir contrário à Via Láctea.

E compressível, tu, feito um balão
mais pesado que o ar, voaste ao chão,
libertando de ti toda a galáxia.

YASUNARI KAWABATA
Japão   14/06/1899   16/04/1972   **72**   *gêmeos*

46º.

Federico Garcia Lorca, enxergo
tua luz frente ao olho do fuzil
e – fogo contra fogo – tombar cego
o teu sol sobre a Espanha, de perfil.

Um projétil se aloja sob o til
da sobrancelha – acento circunflexo
e interjeição de sangue – enquanto mil
estrelas caem no teu olhar perplexo.

O verde, sobre a poça do vermelho,
é gravado – verônica – no espelho
da terra dos cavalos e dos touros.

Cobre a tarde a visão com a cabeleira:
folhas negras do tronco da videira,
cachos negros das uvas de olhos mouros.

GARCIA LORCA
Espanha   05/06/1898   19/08/1936   **38**   *gêmeos*

47º.

Decerto que era um pássaro Joaquim
Cardozo, ave-de-praia, um maçarico-
do-bico-torto: as penas com nanquim
escreviam soprando o seu caniço.

No mangue da cidade andava assim
saçaricando à areia o saçarico
do sal da onda ao cálculo sem fim
da terra firme sobre o alagadiço.

Depois que o Gameleira desabou
comeu o pão que Hitler amassou
e Agamenon cozeu. Mas refugiu,

voou para *O congresso dos* (seus) *ventos*
e, distendendo a asas sobre os tempos,
subiu no trem, subiu ao céu, sumiu.

JOAQUIM CARDOZO
Brasil 26/08/1897 04/11/1978 **81** *virgem*

48º.

Cegaste o olho direito e, pelo esquerdo,
atiravas teu raio contra a luz
e o trovão era o medo, o medo, o medo
que assusta a lebre e a tímida avestruz.

Passavas – Curupira sobre um cerdo
com os dois pés para trás e um arcabuz –
sendo do demo a cópia do arremedo
e plantando uma morte em cada cruz.

Capangas & capangas – porco-espinho
armado de punhais – cangas-de-aço
(de onde o nome cangaço) Lampião,

eras a salamanta de focinho-
de-cachorro, o espantalho sob o espaço
contra as aves-de-chumbo do Sertão.

LAMPIÃO
Brasil 04/06/1897 28/07/1938 **41** *gêmeos*

49º.

Sou Antonin Artaud. Fugi do hospício
e ao ver, no espelho, o duplo que era o meu,
vi que o outro não mais me conheceu
e não reconheci o outro. Início

do meu fim? Se a loucura fosse um vício,
não a deixava mais. Já não sou eu,
mas esta é minha mão, a que escreveu
molhando a pena ao sangue. Ossos do ofício.

Eu remeti seis *Cartas aos poderes*
e não és meu leitor, se acaso as leres,
mas, delas, o leitor. Fiz o que deu.

Creio que é ser envenenada seta
"o dever do escritor e do poeta".
Se não for isso – "para que nasceu?"

ANTONIN ARTAUD
França   04/09/1896   04/03/1948   **51**   *virgem*

50º.

Ó Sierguéi Iessiênin, camarada,
por que a navalha e a corda de uma vez?
Teu gesto duplo é dupla insensatez,
desejo, ou pressa de voltar ao nada?

Por que cortar os pulsos e, da escada
da morte – desfazendo o que se fez
carne – enxugar com *rouge*, ou pó, a tez
do pranto que a mantinha tão molhada?

Onde Isadora Duncan com a echarpe
para limpar do hotel a última arte:
um poema de sangue – o adeus vermelho?

Como, ajeitando a corda por gravata
e cruzando a navalha, alguém se mata
qual se fizesse a barba frente ao espelho?

SIERGUÉI IESSIÊNIN
Rússia   21/09/1895   27/12/1925   **30**   *virgem*

51º.

Eras grande demais, amplo demais,
tão gigante que tua poesia
– sem sapato e chapéu – não se media
por teu tamanho e, sombra andando atrás,

era um gato arranhando a luz do dia,
um cão rasgando a noite por detrás,
ou por dentro de ti, pois pressentia
na tua flauta um osso. Sobre o cais

do Recife, arrecife, pedestal
da tua estátua – Ascenso-Adamastor
(como em Palmares – mar-canavial)

botavas – à Demóstenes – redondas
pedras na boca para o teu rumor
rebater, na ressaca, o som das ondas.

ASCENSO FERREIRA
Brasil   09/05/1895   05/05/1965   **69**   *touro*

52º.

Abênção noite! Abênção claridade!
Abênção livro de *Sóror Saudade*!
Tu, lua, cospe, de Florbela Espanca,
sua saliva branca, branca, branca

sobre a *Charneca em flor* desta cidade,
ou sobre o mar que escarra espuma. É tarde.
Cai uma estrela: a mão de Deus arranca
sua flor luminosa, branca, branca.

Tento cantar dois versos de Florbela:
"Dona morte dos dedos de veludo,
Fecha-me os olhos que já viram tudo!"

Abro à porta do céu minha janela
e os ventos ventam vozes intranqüilas:
"Florbela já tomou todas as pílulas".

FLORBELA ESPANCA
Portugal   08/12/1894   08/12/1930   **36**   *sagitário*

53º.

Canto – *A plenos pulmões* – a minha morte.
Eu, que fui Maiakovski, já sou
a raiz da floresta onde tombou
a árvore do céu de grande porte.

Fujo da corda e, como odeio o corte,
quero o revólver que se deparou
comigo e disse à mão que o empunhou:
"É um gesto fraco para um homem forte!"

Ó Lília Brik, deixo o meu poema
 – *Em lugar de uma carta* – e um diadema
de pólvora volátil que coroe

tua cabeça e feche o teu ouvido.
Vai soar o disparo, mas duvido
que no teu coração a dor não soe.

VLADIMIR MAIAKOVSKI
Rússia   19/07/1893   14/04/1930   **36**   *câncer*

54º.

A Grande Guerra te alcançou também,
Walter Benjamin – última fronteira
franco-espanhola – pela noite inteira
passava o suicídio feito um trem.

Sabias que ele vinha a mais de cem
quilômetros por hora e, em tal carreira,
te faria embarcar na derradeira
classe dessa estação que a vida tem.

Tomaste o teu assento na janela
e, de uma estrela até a outra estrela
– qual diria Van Gogh – sem escala

(após a superdose de morfina)
tu seguiste a viagem clandestina
da morte que passou com seu trem-bala.

WALTER BENJAMIN
Alemanha   15/07/1892   26/09/1940   **48**   *câncer*

55º.

Eras tu, Alfonsina, uma canção
marinha e triste – de Ariel Ramirez –
Alfonsina y el mar. Em procissão
seguia a tua vela acesa ao pires,

ou ao castiçal da água, porém tão
à deriva que, em tais ires-e-vires,
acendia e apagava seu clarão
de vaga-lume às ondas do arco-íris.

"Voy a dormir" – disseste e foste ao mar,
mas não ias dormir, ias juntar
teu beijo à flor da escuma suicida.

Pergunto ao peixe-mudo e à ave-insone
se estás no céu, mas ouço, ao telefone,
que és no maroceano de outra vida.

ALFONSINA STORNI
Suíça 29/05/1892 25/10/1938 **46** *gêmeos*

56º.

Henry Miller, conheço um teu retrato
de chapéu, instantâneo de Brassaï
(o fotógrafo húngaro) que, no ato,
cooptou tua aura ao *flash*. Vai

a vida e permaneces contra o ingrato
tempo através dos óculos (não cai
um cílio ou uma lágrima) abstrato
e real como um vaso de bonsai.

Ó *Primavera negra*, chega *A hora
dos assassinos*, tudo é nada agora,
menos o clique que te fez a foto

de gravata, cigarro e capa. Noto
que, em vez dos olhos, tu posaste o olhar
deixando, nele, o espírito posar.

HENRY MILLER
Estados Unidos   26/12/1891   07/06/1980   **88**   *capricórnio*

57º.

Sofreste feito um cão que não tem dono,
ou tem um dono mau (o que é mais grave).
Porém, nem cão nem homem, foste a ave
que cantou quando todos tinham sono.

Por isso te fecharam sob chave
em cofre sem segredo, porém Crono,
lendo as palavras do papel carbono,
fez teu verso romper, da cela, a trave.

Enterraram-te, feito um morto-vivo,
com a força de um "poder tão repulsivo
quanto – disseste – os dedos de um barbeiro".

Mas não morreste, ou seja, Óssip, não
quando quiseram, só depois e, então
– no olho de Stalin – foste o som do argueiro.

ÓSSIP MANDELSTAM
Rússia 15/01/1891 27/12/1938 **47** *capricórnio*

58º.

"Um pouco mais de sol" – ao seu escuro,
"Um pouco mais de azul" – ao seu tinteiro,
um pouco mais de vida – ao seu futuro,
desejaria eu próprio a Sá-Carneiro.

Morreu tão moço! Ai, quase rompe o muro!
Ai, quase que atravessa o rio inteiro!
Ficou no *Quase* (o seu poema). É duro
cruzar do mundo (atrás do companheiro

Tomás Cabreira Júnior) a outra porta.
Mas, se tudo na vida ao nada volta,
ele ensaiou da morte até o clima.

Dramatizou. Abriu o seu teatro
e fechou a cortina sobre o palco
tomando arseniato e estricnina.

MÁRIO DE SÁ-CARNEIRO
Portugal   19/05/1890   26/04/1916   **25**   *touro*

59º.

Morreste de viver (há um morrer
de morrer) resultaste muito velha
e enrugada, meu Deus, feito uma grelha,
olhando o rio de Coral correr.

Ó Cora Coralina, vão colher
flores do bem, as rosas da corbelha
do teu cabelo e, solta da cravelha
da tua lira, a corda do teu ser.

Mas antes não viveste, só depois
que o rio – a poesia – se dispôs
a passear teu leito de abandono

com a serpe de coral da vida e morte
dentro do sangue, abrindo à veia um corte
contra o silêncio e a solidão e o sono.

CORA CORALINA
Brasil 20/08/1889 10/04/1985 **95** *virgem*

60º.

Tu eras "linda, positivamente",
Anna – Brodsky diz e o céu comprova:
cabelo, altura, pele. Ah, de insurgentes
olhos de leopardo na desova

da luz à neve, tu, incrivelmente,
rosnavas a tirar fôlego à nova
respiração e, entremostrando os dentes,
ou a beleza da boca, davas prova

da voz. Até que foste do teu centro
– qual dizes no poema – "desviada
como um rio sem leito (um rio dentro)

que não conhece mais as margens". Sim,
foste do meio, à força, deslocada,
mas não do teu princípio e do teu fim.

ANNA AKHMATOVA
Rússia 23/06/1889 05/03/1966 **76** *câncer*

61°.

Enlouqueceu os pés e as mãos na dança.
"Eu vou dançar a guerra" – disse e presto
fez da imobilidade o seu protesto
até que, sendo a guerra, no ar se lança

e no mar e na terra, pois, de resto,
era Nijinski – o olhar que não alcança
no fogo da loucura, aceso gesto,
o que o homem perdeu como esperança.

Eis um insano a mais entre os insanos,
vivendo a outra metade dos seus anos
maquiado de cinzas e de brasas.

Ao chamar pela mãe feito um menino
– que foi um deus no palco – o bailarino
deixa seu corpo, mas já leva as asas.

VASLAS NIJINSKY
Rússia 28/03/1889 08/04/1950 **61** *áries*

62º.

Não foste um só, mas muitos, vários, tantos:
um Fernando com múltiplas Pessoas,
uma Lisboa no plural – Lisboas –
um rio Tejo enchendo o mar de prantos.

Cantaste (como não?) todos os cantos
das aves e dos homens, foste as proas
das caravelas trêmulas de espantos
na floresta das árvores-canoas.

Foste, à deriva, a lírica *Mensagem*
sob a garrafa épica (passagem
dos gêneros e gênios) teus portões

abriram-se de vez aos oceanos,
não te faltaram quilhas, mastros, panos,
só não foste, por Deus, superCamões.

FERNANDO PESSOA
Portugal 13/06/1888 30/11/1935 **53** *gêmeos*

63º.

Eras franco-portenho e foste o tango:
corda-vocal, guitarra-de-bordel,
voz platense que, aos cantos da babel,
roía o tempespaço, camundongo

seguido pelo som do ofídio longo
– "réptil de lupanar" – Carlos Gardel
(como chamou Lugones ao anel
– da cauda com a cabeça – do bandônio).

"El norocho", decerto houve um disparo
na cabine de vôo, em Medellín,
que fez teu canto – *Mano a mano* – claro

permanecer no céu, entre a turbina
e a hélice do som – disco sem fim –
entre as nuvens e as neves da Argentina.

CARLOS GARDEL
França   11/12/1887   24/06/1935   **47**   *sagitário*

64º.

Fazias versos, não como quem vive,
porém – "como quem morre" – pois descias
a tua escada ao último declive,
ou ao último degrau, de onde caías,

Manuel Bandeira, a tua queda livre
– tossindo de cantar quando tossias –
porque teu peito aberto, em seu proclive
pulmonar, era a noite dos teus dias.

Fazias versos, sim – "como quem chora" –
a alegria perdida na tristeza
e a beleza que foge a cada hora.

Mas, fosse a dor o mal que não se trata,
tu, poeta, em legítima defesa,
farias versos, sim, como quem mata.

MANUEL BANDEIRA
Brasil   19/04/1886   13/10/1968   **82**   *áries*

65º.

Tu, Augusto dos Anjos e Demônios,
aos miasmas da noite, em teu *Pau-dArco*,
como um batráquio dentro do seu charco,
gastas a multidão dos teus neurônios.

Feito flechas de luz lançadas do arco
do céu, onde as estrelas são neônios,
sobem do sono os sonhos dos campônios
ao mar da lua em seu minguante barco.

Interrogas o *Eu*, franzindo o cenho,
e, fraco de tristeza, à luz do engenho,
vês como a sombra de um poeta é forte.

Não há loucura, suicídio, pressa,
pois o princípio ou o fim não te interessa,
que só no meio vais achar a morte.

AUGUSTO DOS ANJOS
Brasil 20/04/1884 12/11/1914 **30** *áries*

66º

Não foste grande, nem pequeno, nem
médio. Vale dizer: não sendo Ulisses,
não eras Odisseus e nem *Ninguém*.
Ah, se ao menos descesses ou subisses!

"Se ao menos eu permanecesse aquém..."
– qual disse Sá-Carneiro – e conseguisses
escrever mal (pois escrevias bem)
talvez, em não voando, não caísses.

Se os teus escritos são *Palavras cínicas*
que, nas cadeias, cemitérios, clínicas,
encerram mais leitores do que o azar,

ó Albino Forjaz, releio e jogo
as oito *Cartas* do teu livro ao fogo,
mas queimo as mãos já antes de as lançar.

ALBINO FORJAZ DE SAMPAIO
Portugal   19/01/1884   ../../1949   **65**   *capricórnio*

67º.

"Temos de queimar Kafka?" – pergunta
o semanário comunista: *Ação*.
Uns dizem: "Sim". E dizem outros: "Não".
E alguns dizem: "Talvez". Só uma junta

pode estudar o caso. A obra conjunta
daria meio inferno e nele estão
os demônios de Praga e a desconjunta
idéia, até do autor, da combustão.

O processo e *O castelo* já são nomes
para o fogo que, aceso às mentes, coze,
antes das chamas, a *Metamorfose*.

Mas tudo cessa ao vento, pois só arde
– de Heine – uma frase que incendeia a tarde:
"Quando se queimam livros, queimam homens".

FRANZ KAFKA
Checoslováquia 03/07/1883 03/06/1924 **40** *câncer*

68º.

Tu foste a Ofélia que, Virgínia Woolf,
no arroio se afogou – uma sereia
que cantava na água e, quando cheia,
sobre o lodo desceu. Precipitou-se

ao fundo a tua voz que era tão doce
como o sopro do sangue sob a veia:
flauta de Pã arfando grãos de areia
e folhas entre as guelras. Acabou-se.

Desceste à sombra como o personagem
Septimus – o suicida da voragem –
um louco olhando o espelho do vazio.

E com pedras nos bolsos (tão pesada)
só três dias depois, desafogada,
boiaste o teu cadáver sobre o rio.

VIRGÍNIA WOOLF
Inglaterra   25/01/1882   28/03/1941   **59**   *aquário*

69º.

Foi a Segunda Guerra Mundial
que te suicidou em meu país.
Porém, Stefan Zweig, eras feliz
na infância, em tua antiga capital,

Viena. Se uma Guerra foi fatal,
a Segunda seria o que se diz
do diabo que – aliás – foi aprendiz
do que houve no mundo de infernal.

O suicídio duplo (que imitaste
de Kleist) te levou quando levaste
contigo a esposa para a morte. A Guerra

findou com um outro suicídio a dois
– de Hitler e de Eva Braun – mas depois
que tu e Lotte estavam sob a terra.

STEFAN ZWEIG
Áustria 28/11/1881 22/02/1942 **60** *sagitário*

70º.

Te inventaste pintor e, nada menos,
nada mais, te fizeste de Picasso,
artista – meio a meio – áspide e pássaro,
pois pintavas com vozes e venenos.

Daí porque a peçonha e a cor a plenos
pulmões formam teus quadros. "Não, não asso
a mão direita – não – e nem traspasso
minha orelha" – dirias com pequenos

cuidados a Van Gogh. Mas, *humour*
à parte, disfarçavas teu furor
com panos mornos, luva de pelica,

porque – como Vincent – tu assaste
a mão no fogo aéreo e decepaste
a orelha esquerda dentro da *Guernica*.

PABLO PICASSO
Espanha   25/10/1881   08/04/1973   **91**   *escorpião*

71º.

Lima Barreto, Afonso Henrique de:
13 de maio, Rio de Janeiro.
Falava javanês às vezes e
era escritor mestiço brasileiro.

Para botar o ponto sobre o i:
deu entradas no hospício (por inteiro
o pai enlouqueceu) bebia vi-
da e álcool. Amanuense, entre engenheiro

e artista, preferiu ser *Isaías
Caminha* – um escrivão – ser *Policarpo
Quaresma* ou, proprietário dos seus dias,

ser um seu personagem (sendo as suas
máscaras de palavras) que o colapso
do Rio retirou das velhas ruas.

LIMA BARRETO
Brasil   13/05/1881   01/11/1922   **41**   *touro*

72º.

Ó Horacio Quiroga, o suicídio
(um jeito de morrer quando se quer)
deu – à morte em família – um subsídio:
o teu, o do padrasto, o da mulher

e, além de um homicídio, o de três filhos
(o que será que a vida às vezes quer
provar quando das louças vão-se os brilhos
e a morte cruza ao prato o seu talher?)

e o do teu protetor e o do teu pai.
Dando vidas às mortes do Uruguai
– contos de caçador, cartas de caça –

tu transformaste em bens todos os males,
pois soltando – à Pandora – os teus azares,
conservaste a esperança em tua caixa.

HORACIO QUIROGA
Uruguai 31/12/1878 19/02/1937 **58** *capricórnio*

73º.

Teu pai (suposto pai) era um astrólogo
e tua mãe espírita. Nos astros
leram, desde o posfácio até o prólogo,
as invertidas linhas dos teus rastros.

Souberam do tarô, viram no horóscopo:
voltarias à árvore teu mastro
para indagar do ventre a que propósito
herdaste o London, Jack, do padrasto.

Adivinhos, previram tua sorte:
terias bem mais nome que seus nomes,
mas serias a tua própria morte.

E coisas mais, ou más, mas, sem dizê-las,
porque – à Ernst Jünger – alguns homens
"crêem mais nos jornais que nas estrelas".

JACK LONDON
Inglaterra   13/06/1874   19/02/1938   **63**   *capricórnio*

74º.

Leopoldo Lugones, que bebias
além dos absintos de teus dias:
a chama da aguardente, o aceso rum,
o inflamável conhaque? Ah, cada um

tem sua preferência! Se acendias
na água o fogo em que te consumias,
para que degustar álcool incomum
que um deus não bebe, nem mortal nenhum?

De cicuta seria essa infusão,
que, parecendo adeus, faria a mão
de Sócrates tremer no mundo helênico?

Ah, teu duplo licor, teu vinho forte,
foi o da vida misturado à morte:
uma dose de uísque e outra de arsênico?

LEOPOLDO LUGONES
Argentina   13/06/1874   19/02/1938   **63**   *gêmeos*

75º.

Decerto não nasceste para o canto,
mas para as asas, sobre o teu chapéu
– grande pássaro azul – voava o céu
e a terra azul – hortênsia ou helianto –

sob teus pés rodava. Ó Galileu
cego de sol! Ó Ícaro com pranto
de cera e pena! Ó vertical espanto
da *Passarola* de Bartolomeu!

Santos Dumont, é teu 14-Bis
que à Torre Eiffel, em ave, se levanta
às estrelas diurnas de Paris,

ou teu corpo entre o espaço, no ir-e-vir
de uma corda amarrada na garganta,
voando sem descer e sem subir?

SANTOS DUMONT
Brasil   20/07/1873   23/07/1932   **59**   *câncer*

76º.

Teu tempo foi perdido e foi buscado
igual a um negativo que, Marcel
Proust, no espaço fez-se revelado
na memória, nas tiras de papel

e em tudo que continha do passado
uma "cintilação", um ouropel,
um pó que te obrigou a estar trancado
no quarto, preso à cama, ao teu dossel

de cortiça – segundo Cocteau –
escrevendo de luvas, pois a asma
era (além de Celeste) o teu fantasma,

o espectro que se foi e que ficou
da mulher gorda e negra, com seu porte
de mãe, de amante, de enfermeira e morte.

MARCEL PROUST
França   10/07/1871   18/11/1922   **51**   *câncer*

77°.

Cada dobre de sino, cada dobre,
vai te deixar – *mais-pó, mais-Só, mais-pó* –
do Porto até Coimbra, Antônio Nobre,
que é por ti e por mim que ele tem dó.

Por mim, por ti, por nós (*ora pro nobis!*)
pela raça de Lázaro, de Jó,
de São Francisco e Belisário, o pobre
– *mais-Só, mais-pó, mais-Só, mais-pó, mais-Só* –

em Portugal, Paris, Suíça, Nova
Iorque (em pé na vida e um pé na cova)
eras tuberculose e poesia,

a voz doente, a tosse de cantar,
o peito seco e, dentro dele, o mar
– *nem-pó, nem-Só* – mais noite, menos dia.

ANTONIO NOBRE
Portugal 16/08/1867 18/03/1900 **32** *leão*

78º.

"Misto de celta, de tapuia e grego"
– definiste o teu sangue e, mais tapuia
que grego e celta, Euclydes, foste cego
pelo amor que esmolavas com uma cuia.

Se estendias a mão, curvando o ego
como um mendigo faz, com ódio, à rua,
para à esposa (ai de ti!) pedir arrego,
Anna mudava a cara feito a lua.

Ao saberes que a outro dava esmola,
tu, que lutavas elegantemente,
engenhaste um duelo de pistola.

Mas teu rival, com o dedo no gatilho,
quis mais do que a mulher, foi exigente,
tomou a tua vida e a do teu filho.

EUCLYDES DA CUNHA
Brasil 20/01/1866 15/08/1909 **43** *capricórnio*

79º.

Tu começaste a ter o odor da morte
como se podre já. Se pressentia,
pelo lado de fora, o cheiro forte
que, do lado de dentro, recendia.

Mesmo em tuas narinas o ar fedia
nas entranhas da vida – passaporte
para o inferno – e o fedor te conduzia
ao saguão do teu último transporte.

Dizias, Angel Ganivet: "É o clima".
Porém no rio Riga te atiraste
e, prestes a descer (ainda em cima

do rio) retiraram-te das águas.
Mas, saltando de novo, te afogaste
para não se afogar nas próprias lágrimas.

ÁNGEL GANIVET
Espanha 13/12/1865 29/11/1898 **32** *sagitário*

80º.

Uma bala é uma bala é uma bala,
não – à Gertrude Stein – "é uma rosa
é uma rosa é uma rosa". Despetala
o teu dia, que a noite é tenebrosa,

José Assunción Silva. Ai, quando estala
da cabeça uma mola poderosa,
não há jeito nenhum de consertá-la
e a morte ou vem veloz ou vagarosa.

Pediste (após saberes de Nerval)
que o médico riscasse um coração
sobre o teu coração: era o local.

Como um poeta a nada e a ninguém poupa
(com um dedo no gatilho e outro no cão)
atiraste nos dois à queima-roupa.

JOSÉ ASSUNCIÓN SILVA
Colômbia 27/11/1865 23/05/1896 **30** *sagitário*

81º.

Ó Camille Claudel, tua loucura
foi teu talento e vice-versa. Basta
de oficina e de hospício! A dor nos gasta
e a morte sempre encontra quem procura.

Visitei nos museus cada escultura
de bronze ou pedra – e tu eras *A valsa*
e eras *A onda* – ó Deus, a vida é falsa
e dura menos do que a arte dura!

Mas a arte é mulher. "Camille louca"
– escreveu Paul Claudel. Nariz e boca
e olhos e mãos e pés de barro e gesso.

Dois havia em um duplo insatisfeito:
o gênio de Rodin pelo direito
e o gênio de Camille pelo avesso.

CAMILLE CLAUDEL
França 08/12/1864 19/10/1943 **78** *sagitário*

82º.

Com tantos filhos homens, Hericlea
só teve uma menina que morreu
prematura e quis outra e te escolheu,
Konstantinos Kaváfis, com a idéia

de te fazer mulher (como ocorreu
ao contrário de ti – com *Galatéia* –
que a mãe fez ser rapaz) e aconteceu:
efeminaste a voz entre a traquéia

– flauta de anéis – e o tubo da laringe,
quando assumiste o gosto pelo sândalo,
pelo efebo, poeta, pelo escândalo,

pelo invertido amor que só se atinge
quando o pênis despeja sob o ânus
os peixes dos profundos oceanos.

KONSTANTINOS KAVÁFIS
Grécia   29/04/1863   29/04/1933   **70**   *touro*

1º 2º 3º

4º 5º 6º

7º 8º 9º

10º 11º 12º

106

13° 14° 15°

16° 17° 18°

19° 20° 21°

22° 23° 24°

25º 26º 27º

28º 29º 30º

31º 32º 33º

34º 35º 36º

37° 38° 39°

40° 41° 42°

43° 44° 45°

46° 47° 48°

49° 50° 51°

52° 53° 54°

55° 56° 57°

58° 59° 60°

61° 62° 63°

64° 65° 66°

67° 68° 69°

70° 71° 72°

73º 74º 75º

76º 77º 78º

79º 80º 81º

82º 83º 84º

85° 86° 87°

88° 89° 90°

91° 92° 93°

94° 95° 96°

97°   98°   99°

100°   101°   102°

103°   104°   105°

106°   107°   108°

109°   110°   111°

112°   113°   114°

115°   116°   117°

118°   119°   120°

121° 122° 123°

124° 125° 126°

127° 128° 129°

130° 131° 132°

116

133° 134° 135°

136° 137° 138°

139° 140° 141°

142° 143° 144°

145° 146° 147°

148° 149° 150°

151° 152° 153°

154° 155° 156°

118

157°   158°   159°

160°   161°   162°

163°

83º.

Ó Cruz e Sousa, Cruz e Sousa – cruz
que carregaste sobre os ombros, sempre,
desde que à luz vieste, tu, de um ventre,
e, no ventre do mundo, viste a luz.

Foste o poeta-cisne que pressente
logo na vida a morte e que introduz
a sua voz no lago – o canto albente
contra a noite trajada de abenuz.

Ai, boiaram nas margens dos teus portos
a mulher louca e quatro filhos mortos:
os cinco bens que havias como posse,

fora a tuberculose, a hemoptise,
a crise, a crise, a crise, a crise, a crise,
a tosse, a tosse, a tosse, a tosse, a tosse.

CRUZ E SOUSA
Brasil 24/11/1861   19/03/1898   **36**   *sagitário*

84º.

Nasceste na Colômbia, em Bogotá.
De vinte e três de julho a vinte e três
de maio, a tua vida então se dá
em setenta e três anos. És um ex-

critor, pois, Vargas Vila, hoje, há
quem conte teus leitores (cinco ou seis)
pelos dedos da mão: o polegar,
o indicador – um mínimo, talvez.

Foi o *Íbis* teu único romance
que, fora do país, visou alcance
de exílio nas fronteiras (ai do amor

de Teodoro e Adela!) era fatal
que, começando o livro pelo mal,
ele findasse sendo a própria dor.

VARGAS VILA
Colômbia 23/07/1860 23/05/1933 **72** *leão*

85º.

A alguém, que te chamou – "Cesário Azul" –
por teu casaco anil, Cesário Verde,
chamaste – "troca tintas" – pois, taful,
eras pintura nova de parede.

Com Tágides do Tejo ao Norte e, ao Sul,
com Sereias do Atlântico na rede
para mulheres nórdicas, facul-
tavas o peixe – o amor – morto de sede.

Tens de Linda-a-Pastora, Portugal,
O sentimento dum ocidental
que partiu moço e que deixou o olhar

amarelo do campo na cidade,
como um fantom da tela da saudade
nos ombros das searas e do mar.

CESÁRIO VERDE
Portugal   23/02/1855   19/07/1887   **32**   *peixes*

86º.

Arthur – meu nobre e pobre Arthur Rimbaud –
anjo e monstro, vidente da loucura.
Agora, em vez do *Inferno* (onde passou
teu corpo a *temporada*) é a sepultura.

Esperaste que o caranguejo azul
subisse pela perna até o ventre
– as patas da metástase – ou, Arthur,
não seguraste mais tua *semente?*

Maldito entre os malditos do – Adem – Éden!
Por que cegos de sóis teus olhos pedem
luz à Isabelle (tua irmã) e cores

às vogais ébrias – *a e i o u?*
Quem foi que fez, se não fizeste tu,
ser teu rosto essa máscara de horrores?

ARTHUR RIMBAUD
França 20/10/1854 10/11/1891 **37** *libra*

87°.

Como que pôde o amor, Oscar Wilde,
não uma idéia, mas um sentimento,
te encarcerar as asas sob a grade
dos trabalhos forçados do teu tempo?

Eras *Dorian Gray* no quadro (ai de
ti!) eu faço um minuto de silêncio
e já volto a falar feito a Danaide
que não enche o tonel do sofrimento.

"Querido Bosie". Não, não te censuro,
pois, com tua *Balada*, ao pé do muro,
tu cantaste o enforcado sob o algoz.

No *Cárcere de Reading*, onde te afundes,
eu subo o teu abismo – *De profundis* –
ou desço o meu abismo à tua voz.

OSCAR WILDE
Irlanda 16/10/1854 30/11/1900 **46** *libra*

88º.

Quando não escutavas mais o "ponto"
e o silêncio fechava a tua porta,
como em linguagem de cinema – "Corta!" –
quiseram te cortar de cena. Pronto,

logo estarias para o palco morta
(que uma atriz que não ouve – para o espanto
da platéia – nem palma mais importa).
Mas, ouvindo a memória, texto ou canto,

longo ou curto, Apolônia, decoravas
e – com os quatro sentidos – atuavas
sem que te percebessem a surdez.

Foste a orelha do céu falando um eco,
teu ventríloquo foste e teu boneco
– ao mesmo tempo os dois – de cada vez.

APOLÔNIA PINTO
Brasil 21/06/1854 24/11/1937 **83** *câncer*

89º.

Ó Van Gogh, cortei a tua orelha
e assei a tua mão. Quis o destino
que eu andasse contigo, de parelha,
por isso entrei no rol dos assassinos.

Não sei pintar, mas ouço a cor vermelha,
ouço o tom do amarelo desatino,
ouço o traço de fogo da centelha
do teu pincel e vejo o som dos sinos.

Tenho os teus olhos nos ouvidos. Só
dissequei tua vida até o pó
para que o pó voltasse a ser caminho.

Depois que dei o tiro no teu peito,
vivo de vinho e sangue satisfeito:
ébrio de sangue e bêbado de vinho.

VAN GOGH
Holanda   30/03/1853   29/07/1890   **37**   *áries*

90°.

Eras maldito, Stevenson – *doutor*
Jekyll e senhor Hyde – eras um duplo.
À vela do pulmão que abriste a custo
tiveste o vento como opositor.

E, com a saúde da doença, por
dissociação da idéia e seu impulso,
desirmanaste o médico do esdrúxulo
monstro que te habitava o interior.

Das polpas que só têm moscas-das-frutas,
provaste do seu podre inatural
de coisas já passadas de corrutas.

Porém, criando o horror, criaste horror
ao mal que não consegue ser só mal
e à dor que não consegue ser só dor.

ROBERT LOUIS STEVENSON
Escócia   13/11/1850   03/12/1894   **44**   *escorpião*

91º.

Vontade de morrer não te faltou,
Maupassant, mas a morte também falha:
quando a pistola à têmpora falhou,
acionaste o gume da navalha.

Outro engano da morte: eis que o canalha
de um galeno perito te estancou
o fio da garganta e, na toalha
de sangue, a tua vida agonizou.

Levado ao barco – *Bel Ami* – no mar
tua voz, sem sair, tentou saltar
pela ferida, última armadilha

desde Hervé, o teu irmão, no início
da loucura, gritando até o hospício:
"Você é que o maluco da família!"

GUY DE MAUPASSANT
França   05/08/1850   06/07/1893   **42**   leão

92º.

Viajei muito pelo teu *Inferno*
(que não era o de Dante) Strindberg:
Paris, Áustria, Suécia e onde se ergue,
contrária à luz do bem, o mal eterno.

Não me senti – à Kafka – no albergue
da tua estátua, pombo sob o terno
ninho da infância e, na sazão do inverno,
aos vendavais das chamas fui entregue.

Andei rolando pela brasa fria
da neve quente da esquizofrenia
que eram gelos e fogos do teu cérebro.

Feito um anjo, ou demônio que caísse,
louco, internado em tua esquisitice,
para apagar meu céu, queimei teu érebo.

AUGUST STRINDBERG
Suécia   22/01/1849   14/05/1912   **63**   *aquário*

93º.

Ninguém pode voltar ao Paraíso.
Gauguin, por que voltaste ao Taiti?
Que soluço encontraste no sorriso
da luz de Tehamaná deixada ali?

Tu, selvagem, remando uma canoa
no pacífico mar da Oceania,
te rejuvenescias – *Noa noa* –
e a barbárie era tua companhia.

Mas foste à França e regressaste, tu?
Voltaste ao ventre dos *maiores*, nu?
Morto, viraste um *Tupapau*, eterno?

Ai, saltaste do incêndio no dilúvio,
pois não sabias tu (nem foste o único):
quem volta ao Paraíso encontra o Inferno.

PAUL GAUGUIN
França   07/06/1848   09/05/1903   **54**   *gêmeos*

94°.

Tu, que viveste menos (e escreveste
mais que Rimbaud) tu, que perdeste um pé
(ele uma perna) tu, que padeceste
do mal que seca o peito onde se quer

o sopro (ele de câncer) tu, que deste
no traseiro da musa o pontapé
(que ele – à Mario de Andrade – deu na veste
da poesia e a descobriu mulher).

Tu, que foste feroz (ele foi bravo)
tu (dele dizem mercador de escravo)
que a escravidão rompeste a gritos (salve):

pois tu és o Brasil (ele é a França)
pois é ele o destino (és a esperança)
porque ele é Rimbaud e és Castro Alves!

CASTRO ALVES
Brasil 14/03/1847   06/07/1871 **24** *peixes*

95º.

"Lautréamont dominou os seus fantasmas"
– diz Bachelard. Porém, Lautréamont,
bebeu do mar o derradeiro som
e deixou de silêncio as praias pasmas.

Decerto foi mais Conde (que Isidore
Ducasse) nos seus *Cantos – Maldoror* –
fundindo a dor ao mal e o mal à dor,
como Edgar e *O corvo*: *nevermore*.

Sei que ele teve Lúcifer por sócio,
que foi mau (quem foi bom?) que foi poeta,
que no inflamável céu riscou um fósforo.

Que morreu moço e nada mais (que importa?)
seu caranguejo é um câncer que ainda aperta
e sua águia um bico que ainda corta.

LAUTRÉAMONT
Uruguai 04/04/1846 24/11/1870 **24** *áries*

96º.

Corbière – *Os amores amarelos*
são malditos. Morreu o Grande Pã
ou Jasão não voltou trazendo os velos?
Sinos de ouro dobram na manhã.

Leio teus versos (como eles são belos
e tão ricos de luz!) *Pauvre garçon*
que arranca o coração dos teus cordeiros
e entrega à namorada: "É o meu, Tristan!"

Tu disseste (e falaste por nós dois):
"Peito meu!... Cante mais – Conte depois".
E cantaste e contaste, à noite, pelas

folhas do livro de Verlaine, *sapo*
que, se escancara a goela e se incha o papo,
é "o rouxinol da lama" e das estrelas.

TRISTAN CORBIÈRE
França   17/07/1845   01/03/1875   **29**   *câncer*

97º.

Dizem, quando no hospício, que um doutor
te ofereceu teu livro – *Zaratustra* –
e disseste: "Não sei quem é o autor.
Deve ter sido um gênio". A frase justa

com que, louco, julgaste a própria angústia
não louca ainda, dói em outra dor
– *demasiada humana* – que se incrusta:
grão de areia na ostra de um tumor.

Pois, quando um carroceiro, a cada estalo
do seu chicote, os lombos de um cavalo
dilacerava com vergões do mal,

tu – são do instinto e da razão doente –
choraste, Nietzsche, convulsivamente,
abraçado ao pescoço do animal.

FRIEDRICH NIETZSCHE
Alemanha   15/10/1844   25/08/1900   **55**   *libra*

98º.

Pensavas ser o menos, sendo o mais
maldito dos poetas que – *malditos* –
tu chamaste em teu livro. Teus iguais:
Corbière e Rimbaud... Os sete, ditos

(incluindo o teu nome) marginais:
Mallarmé, Marcelina... Uns favoritos:
Villiers, Lelian – o pobre... Tais
que escreveram, não versos, porém gritos.

Quero falar de ti (o principal)
que combateste o mal com o próprio mal:
cantando para ser caluniado.

Paul Verlaine, no quarto de um hotel,
findou a tua pena e o teu papel,
sem teu último verso ter findado.

PAUL VERLAINE
França   30/03/1844   08/01/1896   **51**   *áries*

99º.

Ó Antero Tarqüinio de Quental,
o vento traz, além dos maus-humores,
notícias: que nasceste nos Açores
onde morreste. Como é natural

que se nasça e se morra, outros rumores
acrescentam: que só tiveste o mal
e te suicidaste em Portugal,
pois tudo – corpo e alma – era só dores.

Não tencionar viver é uma loucura,
mas, se é mistério o tempo que se dura,
tu desvendaste o teu: quarenta e nove.

Pensando: "À morte ou ao diabo me abandono,
e, sendo em minha primavera, outono,
se o inverno é verão, que Deus me prove".

ANTERO DE QUENTAL
Portugal 18/04/1842   11/09/1891   **49**   *áries*

100º.

Ó Fagundes Varela, não importa
saber, durante o curto itinerário
da tua vida, o sofrimento vário,
porém aquele que aos demais comporta.

A desgraça – esse agente funerário –
viu teu anjo e bateu à tua porta:
"Venho ditar a viva canção morta
– o *Cântico* (da cruz) *do* (teu) *calvário*".

E, levando o teu filho Emiliano,
afogou os teus olhos no oceano
para que o sal subisse aos cegos astros,

pois, pensando embalar um vivo corpo,
embalavas o som sem som, já morto,
da tua própria voz dentro dos braços.

FAGUNDES VARELA
Brasil   18/08/1841   17/02/1875   **33**   *leão*

101º.

Tu temias, Tchaikovsky, que o mundo,
ao saber do teu nome, cedo ou tarde,
visse em tua homossexualidade
a continuação do mal profundo

de Sodoma e Gomorra? Na verdade,
quem olha para trás, mesmo um segundo,
sua estátua de sal enxerga a fundo
que, no vale de fogo, a sarça arde.

O inferno atrai e queima a mariposa
e uma asa de seda – um véu de esposa –
cobriria o teu rosto, além do pranto.

Mas foi compondo os sons da consciência
que te escondeste – cisne – da existência,
para mostrar a vida do teu canto.

TCHAIKOVSKY
Rússia 07/05/1840 06/11/1893 **53** *áries*

102º.

A fome, no princípio, foi teu mal:
pegavas, no telhado da baiúca
onde moravas, aves na arapuca,
para o assado de pombo ou de pardal.

Com as penas levantaste a tua nuca:
Naná, A besta humana, Germinal
e a cartada – *J'acuse* – carta única
por Dreyfus, contra a ação processual.

Tu, entre Alexandrine e entre Jeanne
na dupla relação.Tu, de Cézanne,
pintura inacabada. Nunca mais,

Zola, na chaminé o fogo ardia
e se apagou na noite da asfixia:
o gás, o gás, o gás, o gás, o gás.

EMILE ZOLA
França   02/04/1840   29/09/1902   **62**   *áries*

103º.

Tudo tiveste para não dar certo,
mas deste certo em tudo, tu, Machado
de Assis, pois irrigaste o teu deserto
e o areal em mar foi transformado.

Pobreza, cor, gagueira, eram, decerto,
desafios vencidos do passado
no futuro que sabe quanto é perto
o longe e longe o que parece ao lado.

Tu foste a nossa língua e a tua aura
(epilética-mãe que nos restaura
do complexo-paterno do idioma)

mais que a visão do próprio som, é tato
na boca, paladar no dedo, olfato
no ouvido e uma audição de cada aroma.

MACHADO DE ASSIS
Brasil   21/06/1839   29/09/1908   **69**   *câncer*

104º.

Tu, juriti – poeta Casimiro
de Abreu – deste em silêncio o teu suspiro
de adeus, foi um final quase sem dor,
como acontece às vezes com uma flor.

Tua morte foi simples como o tiro
do caçador cortando a voz e o giro
das penas para sempre, ao sol se pôr,
como acontece às vezes com o amor.

Assim se morre de delicadeza
enquanto a borboleta da tristeza
abre às asas teu livro: *As primaveras.*

Diria Poe e Baudelaire – "a nu
puseste o coração" – que foi, a cru,
comido por *Quimera* e por quimeras.

CASIMIRO DE ABREU
Brasil   04/01/1839   18/10/1860   **21**   *capricórnio*

105º.

Não eras uma tocha de cabelos
vermelhos, corpo azul de manequim,
nem um duende às faces dos espelhos,
mas o mal sem início e a dor sem fim.

Charles Swinburne, as lâminas dos relhos
esfolaram-te as carnes, mesmo assim
jamais dobraste à terra os teus joelhos
e nem a Deus disseste um *ai de mim*.

Suportaste o que pode suportar
um homem que jamais temeu do mar
o punho do silêncio e riu sozinho

com seus dentes de sal às praias tristes
onde, ébrio das ressacas, tu existes
"como alguém animado pelo vinho".

CHARLES SWINBURNE
Inglaterra   5/4/1837   10/4/1909   **72**   *áries*

106º.

Não estavas, Lombroso, tão isento
de ser lombrosiano, quem olhar
tua fotografia de olho atento
(mesmo que não te possa comparar

"ao criminoso nato") vai checar
teus atributos físicos (a exemplo
da estranha arcada superciliar).
Eras – "homem de gênio, sem talento" –

qual disse Ferri e Tarde completou:
"Não nutriu a ninguém, mas excitou,
feito o café". O tipo deformou

tua doutrina, que entre um *serial
killer* – à Ted Bundy – e um canibal,
a semelhança coincidente é o mal.

CESARE LOMBROSO
Itália   06/11/1835   19/10/1909   **73**   *escorpião*

107º.

Tu viveste o teu tempo em outro tempo,
no tempo aquém e além, no tempo morto
e vivo, fora e dentro do momento:
um outro tempo para um homem outro.

"Alto, o carão moreno, de pescoço
entalado na gola, um giz poento
no cabelo grisalho" – em teu esboço
via Humberto de Campos – te apresento,

Sousândrade, nAlcântara da lua,
fundindo o som do mar à voz da rua,
ou, nas ruínas da quinta da *Vitória*,

negociando pão por pedra (o muro)
com um trocadilho para o teu futuro:
"Estou comendo as pedras da vitória".

SOUSÂNDRADE
Brasil 09/07/1833 21/04/1902 **68** *câncer*

108º.

Algo de podre havia no teu reino
que não era o da Dinamarca, mas
o de um país que havia por detrás
dos espelhos de Alice, em outro *treino*

de sombra, igual ao boxe. Jamais
revelavas, da fruta do desejo,
o lado que traías com teu beijo,
pois punhas nas maçãs lábios iguais.

Lewis Caroll, as faces do teu rosto
ocultavam, na uva, o sumo, o mosto,
o vinho e a embriaguês que estão nas vinhas.

Tu, que até as raposas enganavas,
entre o maduro e o podre desejavas
sempre o verde das tuas menininhas.

LEWIS CARROL
Inglaterra   27/01/1832   14/01/1898   **65**   *aquário*

109º.

Disseste aos livros – "Que fatalidade,
meu pai!" – e te entregaste à morte. Tinhas
vinte anos, meu Deus, tão pouca idade
e escreveste, poeta, tantas linhas,

que dividiste a vida na metade:
Dionísio te quis nas suas vinhas
e, se um deus pode não sentir saudade,
levou dele a saudade que continhas

quando te disse: "As desejadas ninfas
das fontes que despejam a comprida
cabeleira de *Lira* que há nas linfas,

terás no Olimpo, em vez de vinho forte,
e, lá, na morte, pensarás na vida,
já que na vida só pensaste em morte".

ÁLVARES DE AZEVEDO
Brasil 12/09/1831 25/04/1852 **20** *virgem*

110º.

Tu tiveste três crises depressivas
da maior gravidade, Emily Dickinson.
De resto, entre os fantasmas, teus convivas,
circulavas no fogo feito Íxion.

Quais *mimosas pudicas* – sensitivas –
tuas folhas fechavam cada tom,
retraindo os poemas, porém, vivas,
guardavam das abelhas o seu som.

Não sendo o teu amor (quem poderia
ocupar o lugar da poesia
da vida à morte?) Higginson foi franco

ao ver sem ruga a tua bela fronte
na paz imperturbável de um instante:
"Não tinha um fio de cabelo branco".

EMILY DICKINSON
Estados Unidos   10/12/1830   15/05/1886   **55**   *sagitário*

111º.

Tu eras São Francisco, irmão Antônio
Conselheiro, tão pobre como os ventos,
lutavas contra os seixos do demônio
juntando pedras para erguê-las templos.

Santo, nunca passaste de um campônio
vincado de jejuns e de silêncios,
pois a esposa, traindo o matrimônio
com um soldado, queimou os teus incêndios.

De rocha em rocha ergueste uma cidade:
Canudos – Belo Monte – à eternidade.
Mas voltando o soldado (mal da terra)

com praças, coronéis, cabos, alferes
e sabres para o ventre das mulheres,
reviraste o Sertão no mar da guerra.

ANTÔNIO CONSELHEIRO
Brasil 13/03/1830 22/09/1897 **67** *peixes*

112º.

Quando nasceste à luz, vieste em crise
e, para pôr o dedo em teu suspiro,
tua mão, sob o coldre da valise,
não sacou o revólver, mas o tiro.

A bala entrou na têmpora. No giro
do corpo fez o instante uma reprise:
"Fecho a porta do mundo e me retiro,
se o inferno me pisou, que o céu me pise!"

Logo o sol ficou míope e a lua estrábica
para haver o diálogo da treva
sem a necessidade de uma lágrima:

"Camilo, branco Adão, nosso pernoite".
"Bom-dia, morte, és minha negra Eva?"
"Eu sou tua serpente, boa-noite!"

CAMILO CASTELO BRANCO
Portugal 16/03/1825 01/06/1890 **65** *peixes*

113º.

"Se se morre de amor!" Ai, tu viveste
e morreste de amor, Gonçalves Dias,
pois, de um naufrágio, à tona subirias,
e o amor foi o naufrágio em que desceste.

Às árvores dos mastros – teus ciprestes –
cantas exílios, sabiás, porfias
e – à palmeira do mar – vês o que vias:
índias, brasis, américas, nordestes.

Onde Ana Amélia? O nome vem e vai
(*Ana* e *anA*) sem fim e sem começo
(*A* e *n*) Amor? nÃo.O tempo escorre

no espaço e a voz da onda sobe e cai
com seu eco de espuma e de arremesso.
Sim, se vive de amor, de amor se morre.

GONÇALVES DIAS
Brasil   10/08/1823   03/11/1864   **41**   *leão*

114º.

"*Madame Bovary* sou eu" – Flaubert.
A frase identifica-se com o tema,
mas o estilo, buscando a forma extrema,
também diria: "Eu sou essa mulher"

ou – *A orgia perpétua* – sem qualquer
concessão, o fazer e seu dilema
– arte ou nada – o prazer, essa suprema
entrega literária onde se quer

suportar o impossível da existência
no atordoado amor, na transigência
do adultério com o livro – um gozo em si –

o verbo dentro da esquizofrenia,
adiando no mundo – *sine die* –
o suicídio de Emma Bovary.

GUSTAVE FLAUBERT
França　12/12/1821　08/05/1880　**58**　*sagitário*

115º.

"Preparar! Apontar!" – e o pelotão
não ouviu – "fogo!" – ao teu fuzilamento.
Foi comutada a pena e foste, então,
condenado à existência e ao sofrimento.

Desde aquele inverídico momento,
ó Fédor Dostoiévski, já não
sendo o mesmo, viraste um seguimento
do fantasma da falsa execução.

Escreveste uma carta da Sibéria:
"Não me sinto abatido e não me falta
coragem de lutar contra a miséria".

Pois, falavas – "a vida é sempre a vida" –
e sabias que, para ser mais alta,
mais profunda faz Deus sua ferida.

FÉDOR DOSTOIÉVSKI
Rússia 30/10/1821 28/01/1881 **59** *escorpião*

116º.

Tem piedade, Baudelaire, de nós:
de mim e de Edgar e do albatroz,
pois somente as baratas, dentre o abismo,
resistirão, da bomba, ao cataclismo.

Um cogumelo azul – árvore atômica –
pára-quedas do céu baixando a cônica
sombra de guarda-chuva do final,
será a monstruosa *Flor do mal*.

No teu jardim de pétalas carnívoras
os cipós rastejantes já são víboras
e as papoulas vermelhas já dão ópio.

Tem piedade, Charles Baudelaire,
tu, poeta, tu, louco, tu, *flâneur*,
que, rezando a Satã, és quase o próprio.

CHARLES BAUDELAIRE
França   09/04/1821   31/08/1867   **46**   *áries*

117º.

Ó Emily Brontë, sou Heathcliff
e serás, para sempre, Catarina:
amor que leva o coração à ruína,
amor que eu não pensava que existisse,

nem esperava um dia conseguisse
detê-lo além da morte. Eras menina
e te amei até onde a dor ensina
desafiar o céu: "Meu Deus – eu disse –

ouve os *ventos uivantes* deste *morro*,
porque não há na terra mais socorro
e vou desenterrar o amor da cruz".

Uma última vez te vi depois,
uma última vez nós fomos dois
até se confundir a treva e a luz.

EMILY BRONTË
Inglaterra   30/07/1818   19/12/1848   **30**   *leão*

118º.

Pisavas o teu rastro, andando em círculo,
seguindo o próprio azar, o azar, o azar
que foi, antes de entrar no teu currículo,
biografia d*O corvo* de Edgar.

Thackeray, gigantesco, com ridículo
nariz quebrado, rias de chorar
curvo à mesa e escrevendo em teu fascículo
que te inclinavas mais a se enforcar.

Em *Feira das vaidades – um romance
sem herói* – intentaste a dupla chance
de rir do sério e achar solene a graça.

Davas conselho aos ditos literatos:
"Arear facas ou engraxar sapatos,
pois a literatura é uma desgraça".

WILLIAM MAKEPEACE THACKERAY
Inglaterra 18/07/1811 24/12/1863 **52** *câncer*

119º.

Se, Musset, foste Otávio, George Sand
foi Brígida na tua *Confissão*
de amor – *filho do século* – manhã
das *Noites*, sol no inverno e, no verão,

chuva consoladora – ó estação
das dores – cuja voz não soou vã,
mas verteu, da garganta de vulcão
sobre a neve brilhante e guardiã,

lavas do amor maldito. Alfred! Alfred!
pequeno é o coração se a dor o excede,
pequena é a vida quando é grande a morte.

Creste nos homens? Nas mulheres? Não?
Nem na fidelidade do teu cão?
Como pudeste, fraco, ser tão forte?

ALFRED DE MUSSET
França 11/12/1810 02/05/1857 **46** *sagitário*

120°...

"Um homem pode ouvir até que queira"
– Henry de Montherlant declara e morre
suicidado. Ó Schumann, que poeira
molhada é a vida que na morte escorre?

Tu ouvias dos céus a voz que dorme
nos anjos quando, arrebatado à beira
do delírio, escutaste o grito enorme
de demônios fervendo na chaleira

do inferno. Ai, tapa os tímpanos tangidos
pelos sons! Tampa os tímpanos feridos!
Enche as orelhas! Na audição põe rolha!

Podes fechar da boca a cicatriz
e dos olhos a luz, o ar do nariz,
mas os ouvidos não te dão escolha!

ROBERT SCHUMANN
Alemanha 08/06/1810 29/07/1856 **46** *gêmeos*

121º.

"Sob flores escondem-se canhões"
– Schumann diria, sobre ti, da vida
em trinta e nove anos consumida
pela tuberculose das canções:

teu piano com quietas vibrações
– "meu outro eu" – de lágrima tremida,
tua Polônia inteira e dividida,
George Sand com charutos e paixões.

Porém a guerra erguendo seus coturnos
por sobre *Polonaises* e *Noturnos*
com sua *Marcha fúnebre*, Chopin,

não devastou teu ontem nem teu hoje,
porque teu tempo é um tempo só que foge
para habitar no espaço do amanhã.

FRÉDÉRIC CHOPIN
Polônia 01/03/1810 17/10/1849 **39** *áries*

122º.

Edgar Allan Poe, *O gato preto*,
O corvo, a escuridão malsã da rua,
a noite, a parte escura do soneto,
delirium tremens da sarjeta à lua

(Eureka!) és tu, que – flauta de esqueleto –
ainda expões, qual no açougue, a carne crua
que, no seu gancho, verde se insinua,
mas, no inferno, cozinha em outro espeto.

Ai, se o álcool conserva a imundícia
dentro do vidro (a última carícia
à carência da areia não vazia

que passa na ampulheta) e se no pênis
da clepsidra vaza a urina e o sêmen,
que diferença faz com a poesia?

EDGAR ALLAN POE
Estados Unidos　19/01/1809　07/10/1849　**40**　*capricórnio*

123º.

Do suicida Akutagawa: "Eu não
tenho princípios, tenho nervos". Tal
frase se aplicaria a ti, Nerval
– ex-Labrunie Laurent – ao teu tendão

de fibra à flor da pele. A perdição
que na vida buscavas com cabal
loucura – ora delírio e ora paixão –
oscilava entre a alcova e o hospital.

"Eu já não amo o vinho desta vida"
– disseste e alguma coisa imerecida
te fez pensar na corda sob a viga:

de negro, enchendo o branco do vazio,
com os pés quase tocando o solo frio,
penduraste o pescoço em uma liga.

GÉRARD DE NERVAL
França 22/05/1808 26/01/1855 **45** *gêmeos*

124º.

Parecias feliz, mas foi contrária
tua alegria à vida. Se escrever
te fez rico e famoso, foste um pária
do amor que não tiveste até morrer.

Tu – *O patinho feio* – ao se saber
por dentro um cisne, executaste a ária
do lago e viste a água adormecer
ao som da tua voz extraordinária.

Canto, ou conto de fada, a tua dor
era uma carta, Andersen, de amor,
que levavas contigo desde moço.

Ela era no avesso o teu direito,
teu coração às vértebras do peito:
ave sob a gaiola do alvoroço.

CHRISTIAN ANDERSEN
Inglaterra 02/04/1805 04/08/1875 **70** *áries*

125º.

Mostrando cada dente desconforme
à esposa, Wakefield abre um sorriso
e, como a tampa de um piano Dörne,
fecha as teclas da boca e sai. Preciso

recontar do teu conto o mal, Hawthorne,
usando o canto para ser conciso?
Creio que não, o texto está deforme,
transladei-o à areia até que o friso

do mar o apague, pois (é teu o verso):
"As ondas rebentando riem de ti!"
Mas não és esse – "pária do universo" –

porém um outro homem, belo e forte,
que aos olhos do retrato percebi:
era um menino olhando para a morte.

NATHANIEL HAWTHORNE
Estados Unidos 04/07/1804 19/05/1864 **59** *câncer*

126º.

Tuas *Cartas à noiva* – Adèle, Adèle –
propondo amor ou morte, pareciam
uma escrita de sangue sobre a pele
tatuada aos leitores que te liam

tão romanticamente que venciam
o sono pela noite – Adèle, Adèle –
a musa do poeta que sentiam
nos poros da paixão à flor da pele.

Mas veio o casamento e a traição
dupla, de Adèle e tua, outra canção,
composta a oito mãos, não se conteve

de gritar sete vezes, vezes sete:
Hugo, Hugo, Hugo e Juliette
e Adèle, Adèle, Adèle e Sainte-Beuve.

VICTOR HUGO
França   26/02/1802   22/05/1885   **83**   *peixes*

127º.

Dentro do teu roupão – monge de araque –
entre chávenas quentes de café,
quinze horas por dia, eras, Balzac
um escritor que se mantinha em pé

pela força do verbo, pela fé
nas obras, pelo engenho e pela arte.
Daí tua *Comédia* (que não é
Divina – mas *Humana)* um mundo à parte.

Acreditavas no papel, na tinta,
no trabalho inspirado e ressuado
e na beleza da *Mulher de trinta*

anos – "curando o amor do preconceito
da mocidade" – amor amadurado
com a experiência do saber já feito.

HONORÉ DE BALZAC
França 20/05/1799 18/08/1850 **51** *touro*

128º.

Não foste um homem, mas um rouxinol
– o que cantou à Ruth, a moabita,
e que canta no tempo e nele habita
pousado em um relâmpago de sol.

Porém pássaro anão, ave eremita,
que, do ninho de canto aos pés do atol,
ainda pousa – alcíone maldita
da *Urna grega* do mar – sobre o farol.

Eras poeta mais que a cotovia
que, te ouvindo cantar, umedecia
olhos e penas sob a luz da lágrima.

Eras poeta, Keats, só Deus quebra
os teus versos inscritos sobre a pedra
e o teu nome plantado sobre a água.

JOHN KEATS
Inglaterra   31/10/1795   23/02/1821   **25**   *escorpião*

129º.

Eras filho de padre (não te tomem
– Natividade – a origem com qualquer
preconceito) nascido de mulher
só poderias ser filho de um homem.

Que as arbitrárias leis aos outros domem
(pois a ti não dobraram nem sequer
uma articulação) país de homem,
a pátria se tornou tua mulher.

Condenado no exílio, ao tal juiz
deste direito, por procuração,
para que se enforcasse em teu lugar.

Sentenciado a ti, foste infeliz,
enfim – morrido na sarjeta – então
cumpriste a mesma sina de Edgar.

NATIVIDADE SALDANHA
Brasil 08/09/1795 30/03/1830 **34** *virgem*

130º.

Ó Percy Bysshe Shelley, marinheiro
que não sabias nada de nadar,
e, na Itália – indo a pique o teu veleiro –
bebeste o verde que há no azul do mar.

Vendo cheio de água o corpo inteiro,
teus olhos não puderam nem chorar
e subiste e desceste a cavaleiro
até que o vento pôde te afogar.

O triunfo da vida te esperava
para tirar de ti o que faltava
e o que faltava foi o que sobrou:

a última visão das duplas vidas
que viveste ao morrer, nas três subidas
em que o sopro na onda se afogou.

PERCY SHELLEY
Inglaterra   04/08/1792   08/07/1822   **29**   leão

131º.

Tinhas tal mau-humor, tal pessimismo,
tal atrabílis, tal misoginia,
que, se andasses à borda de um abismo
ou de um vulcão em lavas, dir-se-ia

que pisavas em flores: chauvinismo
de porco-chauvinista, uma ironia
devastadora como um cataclismo,
e um casamento com a filosofia.

O olho do furacão via o teu olho
e, no teu olho, o olho do teu cão:
Atma & Arthur. Mas, Schopenhauer, não

coçavas a cabeça sem piolho:
como amavas o pai, um suicida,
e odiavas a mãe, que amava a vida?

ARTHUR SCHOPENHAUER
Alemanha 22/02/1788 21/09/1860 **72** *peixes*

132º.

Tu eras belo, Byron! Só um pé
destoava de ti, porém dizias
do pé boto ou caprino: "Este não é
o meu e sim o pé do diabo". E rias.

De todos os prazeres tudo, até
o limite da ceva: as iguarias.
Mas o sangue das uvas (evoé!)
mesmo à *taça de um crânio* provarias.

Ao lado da condessa Guiccioli,
a *Lady* italiana, eras um *Lord*
setter inglês de dentes sobre a lebre.

Cantaste, amaste e – em tempo de lutar –
a água, o sal e o sol do grego mar,
mataram-te do fogo que há na febre.

LORD BYRON
Inglaterra   22/01/1788   19/04/1824   **36**   *aquário*

133º.

Terias feito um pacto com o demo
para tocar, por ti, teu violino
– é o que diziam – pois, chegando ao extremo
de usar uma só corda e um dedo fino

como se uma outra corda, um som supremo
e longo como um verso alexandrino,
soava a sua voz – eco blasfemo –
de grito, grito, grito do destino.

Eras nos palcos de Paris, Dublin
– com o arco-do-demônio e um brilho ruim
nos olhos – um macaco na vitrine.

Só a morte explicou o que ocorria:
vinha do céu o acorde que descia,
mas subia do inferno, Paganini.

PAGANINI
Itália 27/10/1782 27/05/1840 **73** *escorpião*

134º.

Ó Heinrich von Kleist, ouves no ar,
ou escutas em ti, como se vidros
fossem quebrados dentro dos ouvidos,
o riso do demônio: "Ah-ah-ah!"

Galopas sobre os nervos retorcidos
e silvas sob as veias. Quem cortar
teu pulso, ou dissecar os teus sentidos,
não vai ver sangue ou lágrima rolar.

Não tens poros de água, olhos de sal,
pois és todo de fogo e o fogo é o mal
que faz tremer a carne com seu sismo

– mal de Parkinson de Lúcifer-Satã –
e acende a bala, a última maçã
da Árvore tombada sobre o abismo.

KLEIST
Alemanha 18/10/1777 21/11/1811 **34** *libra*

135º.

"O álcool é filho do fogo" – tu dizias,
Hoffmann, às garrafas de licores,
onde a gema que queima e que bebias
acesa à luz da clara. Provadores,

sem os gostos e os cheiros que sentias,
perderam a ciência dos odores.
Porém, a cada e em cada copo, vias
tu e teu duplo, irmãos e opositores

siameses – Chang e Eng – ou um em dois,
no mesmo sempre, de antes e depois,
bifurcação da própria chama em chama,

da luz em luz, da fantasia em sonho:
um conhecido ao lado de um estranho
à mesma mesa e sobre a mesma cama.

E. T. A. HOFFMANN
Alemanha 24/01/1776 25/06/1822 **46** *aquário*

136º.

Não ouvias, da *5ª. Sinfonia,*
as pancadas na porta do Destino,
e, após a *9ª.* – um *Hino à alegria* –
em búzio se tornava o mar de um sino.

Estavas surdo, Ludwig, a um trino
e a um trovão, nada mais distinguiria
nenhum dos teus ouvidos, repentino
silêncio o teu talento comporia.

Tiveste grande medo dos teus medos,
mas a música estava nos teus dedos,
em teus olhos, na boca, no nariz

– tato e visão e paladar e olfato –
só não era audição e nem, de fato,
algo capaz de te fazer feliz.

BEETHOVEN
Alemanha   presum.16/12/1770   batismo17/12/1770   26/03/1827
56   *sagitário*

137°.

Tu negavas teu nome na loucura:
"Não sou Hölderlin, mas Scardanelli,
ou Scaliger Rosa". Porventura
esquecias que sempre foste aquele,

ou não querias ter a desventura
de que alguém, sob a roupa que é a pele,
descobrisse o poeta à capa dura
e o livro de poemas dentro dele?

Tal como a lua envolve a escuridão
– ao "envolver o raio na canção" –
tinhas, pelo outro lado, um sol escuro.

Mesmo gritando à altura do teu salto
– "quem pisa a própria dor sobe mais alto" –
tua loucura não transpunha o muro.

HÖLDERLIN
Alemanha 20/03/1770   06/06/1843   **73**   *peixes*

138º

Do sol caiu a lâmina assassina
na báscula do mar e o teu pescoço
– cortado pela luz da guilhotina –
separou a cabeça do arcabouço.

Era o terror francês. Era a chacina.
Cantavas, com Rocher, um breve esboço
de *Andrômaca*, seguindo a mesma sina
que há entre o cadafalso e o calabouço.

"Vamos, vivi demais! A morte é certa:
pois, venha a morte. A morte me liberta"
– gritaste nos teus versos, Chénier.

Tua boca espumava aos oceanos
que estavas no começo dos teus anos
e era tarde demais para viver.

ANDRÉ CHÉNIER
França 30/10/1762 25/07/1794 **31** *escorpião*

139º.

Tu celebraste, Blake, *O matrimônio*
do céu e inferno em tua dupla obra
– poesia e pintura – onde o Demônio
e o Anjo, Adão e Eva, o Fruto e a Cobra,

a Águia e o Corvo, além de um pandemônio
de símbolos e imagens, sob a dobra
do espaço, um intangível patrimônio
que parece do tempo ser a sobra.

Ofereceste, a grego ou a dardânio,
tua imaginação-recordação
de uma cor, uma luz dentro do crânio,

um mistério que apenas se revela
no grito do menino ante a Visão:
"Vi a cara de Deus pela janela".

WILLIAM BLAKE
Inglaterra 28/11/1757 12/08/1827 **69** *sagitário*

140º.

Morreste com a idade dos menores
que não se emanciparam dentre os homens.
Passaste fome, fome, fome, fome
e humilhações, Deus sabe, das piores.

Chatterton, comerias pedras-pomes,
beberias urinas e suores,
se o teu orgulho não gritasse: "Come
a terra aos bons e os gênios são maiores!"

Aos dezessete anos (pouco menos
de dezoito) tomaste teus venenos,
destilando mais bíles do que lágrimas.

Quase inédito e póstumo no mundo,
foi do leito do olvido, aberto e fundo,
que a morte deu à vida as tuas páginas.

THOMAS CHATTERTON
Inglaterra 20/11/1752 24/08/1770 **17** *escorpião*

141º.

Teu corpo era fechado para o mal,
mas produzia o mal, inversa abelha
que levava o seu mel à flor vermelha:
o favo enfermo ao pólen natural.

Emprenhavas, a todos, pela orelha,
com a anunciação de algo infernal.
Teu vinho doce, à boca da botelha,
punha à garganta as aftas do sal.

Eras *Fausto* e eras *Werther*, W. Goethe,
geravas do teu rim, em cada fígado,
o micróbio da morte: o suicídio

que – da caixa das Parcas – alfinete
de costura e tesoura de metal,
cortava à vida o fio umbilical.

GOETHE
Alemanha 28/08/1749 22/03/1832 **82** *virgem*

142º.

De longe, ela era o dia que tardava
com a cabeleira loura na janela.
De perto, a noite que se antecipava
com seus negros cabelos. Porém dela

– clarescura – a cabeça iluminava
Dirceu, que era Gonzaga e, pela bela
Marília – em suas *Liras* – decantava
Maria Dorotéia, que era ela.

Mas, estando ela aquém e ele além-mar,
pegou o amor a ser um passarinho
que fez das penas asas de voar

pelo espaço do tempo e – qual gangorra –
a dor subiu e o mal desceu sozinho
pelo tempo do espaço da masmorra.

TOMÁS ANTÔNIO GONZAGA
Portugal 11/08/1744 ../02/1810 **65** *leão*

143º.

Eras o grande mal, o mal em si,
o mal em seu estado natural.
"Sua bárbara mão – disse Almani –
só sabe modelar o próprio mal".

Tinhas – cito Bataille: *"O frenesi
sádico"*. Mas teu nome (de onde tal
termo) trouxe a Bastilha até aqui
– a Bastilha do Mundo – esta atual

prisão das almas. Ó Marquês de Sade,
quando releio as tuas obras, arde-
me o coração que indaga: "Um humano as fez?"

Monstruoso, odiento, escatológico,
eras a dor sem causa e o mal sem ódio:
o sangue da vermelha embriaguez.

MARQUÊS DE SADE
França 02/06/1740 02/12/1814 **74** *gêmeos*

144º.

Giovanni Giacomo Casanova
di Seingalt, vieste de Veneza
onde o amor sobre a água se renova
e anda de braços dados com a beleza.

A vida e a morte foram tua empresa,
pois, ao levar a vida a cada alcova,
levaste a morte que anda à vida presa
no gozo onde se extingue e se renova.

Passou o tempo e, sob o seu reflexo,
assumiste o fantasma do teu sexo,
porque não conseguiste ser Don Juan,

que ao Inferno baixou em plena glória,
sem a esperança de uma só memória:
um tato, um olhar, um gosto, um cheiro, um som.

CASANOVA
Itália 02/04/1725 04/06/1798 **73** *áries*

145º.

Tu, sublime *castrati*, "Farinelli",
compensavas com o canto o que da pele
do menino no homem foi pisado
por um cavalo: o sexo cortado.

Foste o mito da lenda de Cibele
– Átis se emasculando – todo aquele
que te ouvia, chorava, apaixonado
pelo homem – *Capão* – anjo castrado.

Travavas desafios com instrumentos,
óscines e sereias e elementos:
o fogo, a terra, o ar, a água, o om.

Tua garganta, grave e feminina,
soava humanamente tão divina
feito um céu que do mar tivesse o som.

"FARINELLI"
Itália 24/01/1705 15/07/1782 **77** *aquário*

146º.

Tu eras mais ou menos uma aranha
– venenosa tarântula – quelíceras
e palpos transformando a dor medonha,
de insetos apanhados, em delícias.

Mas, Alexandre Pope, foi tamanha
lástima receber, não as carícias
de Lady Mary, mas aquela estranha
risada de salivas e malícias,

que te fechaste dentro do teu gênio
onde, do mundo, só o oxigênio
te chegava ao pulmão atrofiado.

Pois, tirando de ti teu tênue fio
para enredá-la à teia do vazio,
no próprio fio estavas enredado.

ALEXANDER POPE
Inglaterra 21/05/1688 30/05/1744 **56** *gêmeos*

147º.

Eras – "Boca do Inferno" – na Bahia,
um hálito de enxofre antes da chama,
uma língua de fogo que se inflama-
va ao vento e à luz, Gregório, uma ardentia,

um fogo-de-santelmo que acendia
a tocha azul no mastro, a branca escama
de um peixe à noite, o visgo que derrama
a Via Láctea, o sol que queima o dia,

um fogo-fátuo (além de acesos dentes
afiados nas sátiras mordentes
das pelejas de cão com javali).

Tanto queimaste, tanto foste quente,
que a febre cozinhou a tua mente
para o incêndio cessar dentro de ti.

GREGÓRIO DE MATOS
Brasil 07/04/1623 ../../1696 **73** *áries*

148º.

Dizem de ti: "John Milton é uma ponte
que liga o velho mundo ao mundo novo".
Mas – travessia à linha do horizonte,
passagem que abre o mar de todo estorvo

e se dirige à terra onde, recovo,
Satã, com Adão e Eva, é o mal constante
e a dor, pecado e culpa, desde o ovo –
tu és mais uma escada que uma ponte.

Ligas o Paraíso ao céu, *Sansão*,
se os filisteus tiraram-te a visão
e serviste, a Dagon, de escárnio e exemplo,

Deus – às duas colunas dos espaços –
amarrou teus cabelos e teus braços:
e foste o tempo derrubando o templo.

JOHN MILTON
Inglaterra 09/12/1608 8/11/1674 **65** *sagitário*

149º.

Ó frei Gabriel Telles, confessavas
as mulheres na igreja e penetravas
na alma feminina, em seus segredos,
nas coragens que existem sob os medos,

entre as asperidades das ternuras,
dentro das seguranças inseguras,
nas superfícies que há nos sonhos fundos
de impossíveis possíveis dos seus mundos.

Mudaste até teu nome para Tirso
de Molina e desceste pelo friso
da água que, indiscreta, diz o som

adormecido do silêncio e, após
vazar – rio da fonte ao mar da foz –
tu te inventaste o que inventou *Don Juan*.

TIRSO DE MOLINA
Espanha   presum.29/03/1579   batismo23/04/1579   20/02/1648
68   *áries*

150º.

Dizem que foste um só, que foste vários,
que não foste nenhum – "ser ou não ser".
Se mais vidas viveste, mais calvários
subiste e mais tiveste que descer

à terra e se fundir aos seus agrários
adubos e, de novo, renascer
para, em ciclos vitais de itinerários,
seres, ó William Shakespeare, o teu ser.

Porém não é teu nome, é tua obra
– peso que uma existência não comporta
e em vidas pela vida se desdobra.

Se não foste no mundo única voz,
nem única pessoa (pouco importa)
tu és a alma e o pó de todos nós.

WILLIAM SHAKESPEARE
Inglaterra   presum.23/04/1564 batismo 26/04/1564   03/05/1616
52   *touro*

151º.

Bento Teyxeyra Pinto, antes de ti
houve o silêncio ágrafo da escrita,
a oratura tupi, ou guarani,
houve o *nheengatu* – a língua dita

geral (junção das línguas entre si).
Houve, depois de ti, tua erudita
Prosopopea – o *epos* – cuja edi-
ção já estava (como se acredita)

no tinteiro do pau-brasil. Porém
veio a Inquisição, o mal, também
a dor (de "pouca emenda") na costela

que – Felipa Raposa – te traía
e deixaste, matando a poesia,
tua faca enfiada dentro dela.

BENTO TEYXEYRA
Portugal   --/--/1561   --/07/1600   **39**   ------

152º.

Chamaram-te de "o manco de Lepanto"
quando inutilizaste a mão esquerda,
mas não tiveste apenas essa perda
na vida que te foi surpresa, espanto,

luta, tortura, cativeiro e canto.
Ó Miguel de Cervantes Saavedra,
foste o riso que ri dentro do pranto
e a avalanche que chora em cada pedra.

São filhos naturais da tua idéia:
Novelas exemplares, Galatea
e a metáfora, o tropo, a alegoria

do mundo ocidental – o *Don Quixote* –
Apolo – o dom – e Dionísio – o dote –
Sancho – a prosa – e o fidalgo – a poesia.

CERVANTES
Espanha   29/09/1547   22/04/1616   **68**   *libra*

153º.

Luis Vaz de Camões, perdeste um olho
e – com o servo Jaó – morrendo à míngua,
tu , tendo a pena à mão e a espada à língua,
esperaste do Olimpo o seu restolho.

Redescobriste o mar, cujo ferrolho
Vasco da Gama abriu até a Índia,
pois, sem temer de Circe ou Cila a insídia,
afogaste as sereias sob o escolho.

Tu – do nosso idioma o mais perene –
náufrago, entre o teu livro e Dinamene,
tiveste que escolher a quem salvar.

Mas, salvando *Os Lusíadas*, salvaste
a chinesa que, lírica, cantaste
dentro das vozes épicas do mar.

CAMÕES
Portugal ../.. /1524   10/06/1580   **56**

154º.

Vem de Arezzo o teu nome de Aretino,
foste uma espécie em ereção, um vício:
a mão fechando o fim e abrindo o início
do gozo masturbado no menino.

Amoral, imoral e libertino,
tu, um licencioso, tão propício
à pirâmide inversa e ao orifício,
eras maldito, tido por divino.

Ejaculaste alguns obsoletos
livros, mas alguns sêmenes – *Sonetos
luxuriosos* – foram tão carnais

que vêm chocando, há séculos, o mundo
com o amor natural. E belo. E fundo.
E livre feito o amor dos animais.

PIETRO ARETINO
Itália 20/04/1492 21/10/1556 **64** *áries*

155º.

Teu lugar era o "não-lugar", ou seja,
"o lugar de lugar nenhum" – seria
o teu país, a pátria da *Utopia*
que só dentro de nós, talvez , esteja.

Era o teu ideal o que deseja,
todo poeta, Morus, desde o dia
que, expulso da República, pragueja:
"Ai de Platão! Ai da filosofia!"

Teu local ficou sendo o cadafalso,
onde o machado e o cepo, onde o carrasco
a quem pediste a mão, antes do talho,

dizendo: "Amigo, ajuda-me a subir,
pois, logo que a cabeça me cair,
no mundo eu mais não te darei trabalho".

TOMÁS MORUS
Inglaterra 07/02/1478 06/07/1535 **57** *aquário*

156º.

O teu perfil mudou de posição
com a eloqüência e com a sabedoria,
pois, de republicano, foste tão
mais monarquista do que um rei seria

(exceto o Imperador Napoleão
Bom na parte reinar – não dividia).
Eras, se Nicolau, revolução,
e, se Maquiavel, filosofia.

Se a tua obra principal – *O príncipe* –
justifica, com os fins, todos os meios
da arte de reger contra os alheios,

a sordidez ultrapassou teu índice:
o bom passou a mau e o mau a ruim
e o mais amado a mais temido, enfim.

NICOLAU MAQUIAVEL
Itália 03/05/1469 21/06/1527 **58** *touro*

157º.

Em ti quero saudar todos os vícios,
ó François Villon, foste ladrão,
mataste um sacerdote e há indícios
de que o crime foi tua profissão.

Porém, por teus ofídicos ofícios,
tinhas dos gregos a compensação
moral, como um desvio de princípios:
todos os homens no poeta estão.

Estando a tua vida condenada
a balançar na forca, com *A balada
dos enforcados* desataste o nó.

E – víbora da boca – a tua voz
se foi desamarrando dos seus nós
e a língua solta rastejou no pó.

FRANÇOIS VILLON
França ../.. 1431 ../../..

158º.

Tiveste que descer até o *Inferno*,
subir ao *Purgatório* e ao *Paraíso*,
para reencontrar o amor eterno
que aos nove anos foi o teu sorriso.

Porém sorrir não era mais preciso
e sim chorar os olhos – como o inverno
chora as nuvens – chorar o teu Estígio,
interno Flageton, Cócito externo.

Se por feliz engano de infeliz,
ganhaste o Céu perdendo Beatriz,
após no Inferno caminhar de rastros,

Dante, baixaste à fronte o teu capuz
e só viste da terra a humana luz
junto ao Divino Sol que move os astros.

DANTE ALIGHIERI
Itália   29/05/1265   14/09/1321   **56**   *gêmeos*

159º.

Foste poeta-rei e foste as "flores
do verde pino", Don Dinis, também
o luso *Agricultor* de Santarém
e o *Trovador*-maior dos trovadores.

Ai, se as tuas cãtyguas são de amores
e de amigos, cantaste o que convém
à lira medieval, cantaste bem,
cantaste cultivando as próprias dores.

Se no fim do reinado ("Ai Deus, e u é?")
Afonso – o herdeiro – esteve de má-fé
contra Afonso – o bastardo – e contra ti,

adeus, ó flores do teu verde pino!
Portugal? Portugal era um menino.
"E mal seria se não foss'assi".

DON DINIS
Portugal   ../../1261   ../../1325

160º.

Nasceste para o que nasceste, a guerra,
Bucéfalo também, o teu cavalo,
porém, cavalo e homem sobre a terra,
fundiram-se na lenda do centauro.

A espada prolongava a mão que, férrea,
abria o corpo, entrando, até fechá-lo,
saindo, pois Felipe disse: "Enterre-a
no homem-touro, Teseu, no Minotauro!"

Não cabias no mundo, que eras grande,
ó grecomacedônio, ó Alexandre,
conquistaste um planeta tão pequeno

que – fazendo do céu o teu escudo
e uma lança do mar – terias tudo
se a febre não te desse o seu veneno.

ALEXANDRE, O GRANDE
Macedônia   356 a.C

161º.

Eras o *Cão Celestial* – segundo
um poeta, Diógenes. Rolada
a tua casa era um tonel no mundo
secando ao fogo a pólvora molhada.

Eras a ironia ou a cusparada
– dócil *Argos* ou *Cérbero* iracundo –
mas não trocaste um rei, de prateada
coroa, por teu sol de ouro profundo.

Lanterna à mão, à luz do meio-dia,
procuravas um homem, não achavas,
na Grécia um outro homem não havia.

Masturbavas-te à rua e, com desdém,
no ventre a fome, cínico, esfregavas:
"Quem dera saciar-te assim também".

DIÓGENES
Grécia   413 AC

162º.

És, ó "décima musa", das mulheres,
a de canto maior – o próprio plectro.
Não conta em teu favor o teu aspecto
nem teu tamanho. Eis teus caracteres.

E, se é do amor de Lesbos que preferes
a paixão praticar – ambíguo espectro –
por que, a um homem que te fere, feres
cordas do coração e do intelecto?

Ó Safo, Safo, Safo, por Faón
(que é um barqueiro) como te arremessas
sobre o oceano até boiar em som?

Tua sereia, muda de voar
e de nadar, nas praias submersas
do céu se afoga quando cai do mar.

SAFO DE LESBOS
Grécia   séc.VII a.C

163º.

Decerto que eras cego, porém vias,
que um cego vê com o tato e com a audição.
Tinhas a musa e a lira por teus guias,
mas guiavas o tempo feito um cão.

A tua voz era a do vento, enchias
e secavas de nuvens teu pulmão.
Se em lua te apagavas, te acendias
em sol dentro da neutra escuridão.

Com as órbitas vazias sob os mundos
de estrelas circulares, de orbes fundos,
tu, zero branco ao lado de outro zero,

viste a Aquiles e enxergaste a Odisseus,
porque o sal do mar e a luz dos céus
eram – foram teus olhos sãos – Homero.

HOMERO
Grécia   850 a.C

∞

De da Lentini passas a Pier
della Vigna, caminhas com Petrarca
que molha a pena ao pranto e deixa a marca
de Laura no teu rosto, ela, a mulher

amada pelo tempo em tua barca
– gôndola de Veneza – sem sequer
tocar à luz da água com a alparca
nem desfolhar um bem ou malmequer.

Se é duplo teu quarteto e teu terceto
e tens catorze versos, tu, soneto,
em séculos depois, prossegues flor

entregue à mão da dama do futuro.
Mas não te quero assim, em ti procuro
o inferno no poeta e o mal na dor.

O SONETO
Itália   séc.XII

SAÍDA

De um livro que eu pensava ter escrito, há algum tempo, e o escrevi depois, em seis dias de inverno e suas noites, o título original – *Poemas malditos* – restou como se fosse um *déjà-vu*. Comecei a chamá-lo de *Retratos malditos* e a sensação de livro escrito, passou a ser de livro publicado: *Os poetas malditos* – de Verlaine. Como o seu *leitmotiv* era o mal – o outro lado de cada personagem – *O duplo* (do latim – *duplus* – dobrado) ficou sendo o seu nome provisório. A espécie – "littératuricide" – expressão de Arthur Rimbaud, enraizada em tantas subespécies, pertencia não só aos escritores, mas a um gênero danado pelo mal, cuja causa seria só o mal e cujo efeito o mal vindo do Mal.

Oscilei feito um pêndulo – *por-que-o-mal-e-por-que-não-o-mal* – ouvindo Rimbaud: "Nunca pratiquei o mal (...) Nasceu-me a razão. O mundo é bom. Bendirei a vida. Amarei meus irmãos. Não são mais promessas de infância. Nem a esperança de escapar à velhice e à morte. Deus deu-me forças, e bendigo a Deus".

Um raio ou um trovão furou o céu: caiu uma semana de dilúvio. A determinação cruel de Conrad foi um inseto insistente em meu ouvido: "Mergulhe no elemento destrutivo". Como eu tinha relido *O morro dos ventos uivantes*, de Emily Brontë, que – segundo Georges Bataille – "teve uma experiência profunda do abismo do mal", o mal, sendo ele próprio Heathcliff, se pôs de fora pela voz de Cathy: "Eu sou Heathcliff".

Esse som era um eco sem silêncio.

O mar, à minha frente, tinha da chuva a sua cor sem luz: seu verde já não era mais o verde, e algo terroso profanava o azul. "Aquela deve ser a cor do mal" – eu disse quando a amendoeira-da-praia, atrás do prédio – cinza e brasa – queimada no crepúsculo sem fogo, preparava-se para adormecer. As suas folhas sépias, que o molusco do mar – chamado siba – empresta ao tempo, lembravam um cogumelo que era o mal. Noé sem Arca, eu tinha aos pés um cão, e estávamos

cercados pelas águas – da árvore do mar ao mar da árvore.
Fui tentado – a Rimbaud – pela possibilidade da "alma monstruosa". O mal foi dado como de presente, mas parecia ter sido arrancado à força, ou a fórceps, da cratera de um vulcão, de um mundo sem árvores, sem animais, sem homens, feito de monstros e deformidades – de distorções – como aqueles espelhos que nos devolvem o outro que somos nós mesmos, o outro que não reconhecemos, ou em quem nós não nos reconhecemos.
Lembrei-me de uma entrevista dada ao poeta Mário Hélio (*Revista Continente – multicultural*, Ano I, N°. 4, abril/2001) em que afirmei: "Constrangido a assumir um papel agressivo, violento às vezes, dentro das sociedades consumistas e consumidoras, tendo que transformar a sua voz em algo capaz de esclarecer, denunciar e revidar, tendo que se engajar à disciplina dos que tentam fazer, do mundo pior, um mundo melhor ou, pelo menos, possível ou razoável, talvez o poeta deixe de ser o amigo que se queria, para ser o inimigo que se precisa".
Havia um rumo, consciente ou não, e não havia mais retroceder. A fácies do mal seria afivelada, feito uma máscara, sobre algumas caras, como fez a crueldade do rei Luís XIV, que ajustou uma máscara-de-ferro no rosto do seu irmão-gêmeo (ou do seu duplo) para não ser reconhecido na prisão. Fosse um semblante dois e os dois o mesmo, ou que tivesse, em vez de dupla face, duas caras um rosto – um rosto só. Porém, tal procedimento seria um acréscimo e era preciso a participação: tomar sobre si mesmo, ou para si, a *persona*, ou a fisionomia. Era o caso de assumir a *Confissão de uma máscara*, como a de Mishima, mesmo sabendo que – diria Nietzsche – "Toda palavra é uma máscara" – ou, ainda, conforme o mesmo Nietzsche: "O maior de todos os disfarces é a nudez".
Mas, máscara-de-ferro ou desnudez, o mal, à proporção que me atraía, ao mesmo tempo me atemorizava, como, talvez, intimidasse a Nietzsche: "Aquele que combate monstros deve prevenir-se para não se tornar ele próprio

um monstro. Se olhas longamente para dentro do abismo, o abismo olha também para dentro de ti". Porém, não se tratava de criar monstros e cavar abismos, os monstros já estavam criados e os abismos abertos, era preciso passar por suas goelas, pelas mandíbulas do peixe – feito o profeta Jonas – até o ventre do inferno. O comentário de Jorge Luis Borges sobre o livro de Robert Louis Stevenson – *O estranho caso do Dr. Jekyll e do Sr. Hyde* – não soava imune nem impunemente: "Hyde é a projeção da maldade de Jekyll (...) De Hyde diz-se que não era deforme. Olhando-se seu rosto, não havia nenhuma deformidade, porque era feito puramente de mal".

Discrepava o disforme do deforme. A aparência de Quasímodo não era a mesma de Hyde: uma fugia do padrão e a outra da natureza. De Proust, de Camus e Baudelaire, li as respectivas citações: "Os traços de nosso rosto não passam de gestos que se tornaram, pelo hábito, definitivos". "Depois de uma certa idade todo homem é responsável pelo seu rosto". "A idéia que o homem tem do belo imprime-se em todo o seu vestuário, torna sua roupa franzida ou rígida, arredondada ou alinha seu gesto e inclusive impregna sutilmente, com o passar do tempo, os traços do seu rosto. O homem acaba por se assemelhar àquilo que gostaria de ser".

A "participação" seria uma tentativa de levantar um passo adiante do que disse Henry Miller: "Acho que o trabalho do futuro consistirá em vasculhar os domínios do mal sem deixar uma única sombra de mistério. Descobriremos as amargas origens da beleza, aceitando a flor e a raiz, o botão e a folha. Não podemos continuar resistindo ao mal: temos que aceitá-lo".

Mas a aceitação do mal, infelizmente, já estava feita, desde a cratera de Rimbaud. Havia o escuro e, dentro, o Minotauro. Voltei-me para a teoria do mundo-labirinto de Friedrich Dürrenmatt: "Quando você desperta para o mundo, sente-se um irmão do Minotauro encerrado no labirinto (...) Ou então você se identifica com os rapazes e moças que uma estranha lei envia à morte no labirinto (...) Mas você entra no labirinto, e a primeira pessoa que encontra na esquina de uma galeria, você a confunde com seu assassino, e então você atira nela, e ela atira em você, pois ela também tem medo de você, e mesmo que o Minotauro não exista, a carnificina acontece conforme o previsto. Depois, um dia, você avalia a sua existência e os caminhos que percorreu, e, com palavras ou desenhos, reconstitui sua prisão. Você virou Dédalo, o arquiteto do labirinto. E quando retoma sua caminhada, talvez com uma coragem renovada, avança como Teseu, não mais como uma vítima tresloucada, mas com toda lucidez".

Fiz, em tempo, pequena digressão, uma análise rápida dos fatos que demoravam e desmoronavam.

O século XIX com seu lema tornado em ideal – "Extinguir-se sem dor à meia-noite" – foi o século do suicídio. Como exemplo, uma citação de Byron – "Não existe um só homem que algum dia já não tenha pegado uma navalha em suas mãos e que ao mesmo tempo não tenha pensado em como seria fácil cortar o fio prateado da vida" – e outra de Goethe: "Por causa dessa convicção, salvei-me da intenção ou, na verdade, para ser mais exato, da fantasia do suicídio".

O século XX também foi o século do homicídio. Também como exemplo, uma citação de Camus – "O suicídio era a questão (...) Não alvorece um dia sem que assassinos altamente categorizados não sejam encerrados numa célula: o assassínio, eis a questão" – e outra de Henry Miller: "O trabalho de assassinato, pois é do que se trata, em breve chegará ao fim".

O século XXI é o século do suicídio-homicídio, ou do suicida-homicida. Os exemplos estão aí, escancarados nas vitrines e nas mídias, quer se remonte à herança dos camicases, quer se avance até o homem-bomba.

Fechei o meu parêntesis. Que importava? O livro e a chuva haviam terminado e eu fazia um *relato* sobre o mal, ou sobre o livro, ou sobre qualquer coisa. A revista (*Continente – documento – França-Brasil*, Ano 4, N°. 44, abril/2006) em convênio com a Universidade Blaise Pascal,

Clermont-Ferrand II, publicou os inéditos: *Seis franceses malditos* – Antonin Artaud, Arthur Rimbaud, Marcel Proust, Tristan Corbière, Charles Baudelaire e Marquês de Sade.

Quando, em 17 de julho de 2006, aconteceu a morte de *Alfa* em minha vida, o mal, por assim dizer, sumiu e – a Brodsky – chegou outro motivo me dizendo: "Olá eu sou a dor!"

Vali-me de Shelley – "Desse jeito a dor é compreendida como sendo o mal, por sua própria existência" – e, em seguida, de Jorge Luis Borges: "En el octavo libro de la Odisea se lee que los dioses tejan desdichas para que a las futuras generaciones non les falte algo que cantar; la declaración de Mallarmé: El mundo existe para llegar a un libro, parece repetir, unos treinta siglos después, el mismo concepto de una justificación estética de los males".

Alfa estava molhado nos meus pés, mas não era da chuva, e sim de lágrimas.

Logo recomecei não a escrever, mas a chorar um outro livro. Porém, descobri que, em vez de um novo livro, eu continuava fazendo o mesmo (um poeta sempre escreve o mesmo livro) como uma segunda parte do mal – a dor. Decerto que eu repetia Walter Muschg, citado na epígrafe: "Quem escapa da dor, vai dar no Mal; quem escapa do Mal vai dar na dor". Finalmente, nas mãos eu tinha um duplo: dois livros de sonetos. Sendo que o segundo já era, em si mesmo, um duplo, pois cada soneto tinha o seu espelho (um por um refletindo-se na água ou crescendo dos pés feito uma sombra) que começava pelos dois tercetos e que findava pelos dois quartetos, como aparecem em outros dos meus livros.

Por que o soneto? Ora, direi que um soneto são dois duplos: dois quartetos e dois tercetos (no caso do soneto acompanhado de outro invertido – um em pé e outro de ponta-cabeça – são quatro duplos). Contudo, embora usando a forma do soneto – à Giacomo da Lentini ou à Pier della Vigna – que, de Petrarca, chega à nossa época, eu queria outro tipo de soneto, um modelo mental, novo protótipo, soneto que não fosse só soneto, ou apenas o lírico soneto.

Havia outra justificativa: um dos inventores do soneto – Pier della Vigna – chanceler e secretário do Imperador Frederico II, da Sicília, foi um maldito. Acusado de traição, cegado e encarcerado, sem dúvida injustamente, suicidou-se arrebentando a cabeça contra os muros da prisão, em 1249.

Não foi difícil reencontrar Pier della Vigna, em *A divina comédia* (Canto XIII) transformado em árvore, reclamando de um ramo que, sob a advertência de Virgílio, quebrado por Dante, sangrava feito um dedo:

"Homem fui, planta sou ora atacada".

A árvore de della Vigna, parecia ser a árvore do soneto que, em sua estrutura, não deveria ser quebrada. Talvez, não tão-somente toda época, mas, desde o século XII, ou a começar de Dante, cada poeta tenha o seu soneto e, se estamos na pós-modernidade, o passado há de ser revisitado. Evidente que, a partir d*Os sapos*, de Manuel Bandeira, 1918 (originário da chula popular – *O sapo cururu*) ou dos *Prolegômenos a um terceiro manifesto do Surrealismo ou não*, de André Breton, 1942 – "Basta de engolir sapos!" – era possível distinguir o soneto batráquio, ou anuro, que continuava – "parnasiano aguado" – ou continua "parnasiano" e "aguado". Porém, sendo um gênero anfíbio, o soneto não se afogou na água nem no seco. O poeta Pedro Lyra costuma dizer que mede um poeta pelo seu soneto. Outra coisa seria medir o soneto pelo seu poeta. Então, que o soneto não tentasse – à Tristan Corbière – "manter Pégaso à brida" – e nem fosse o seu canto uma prisão – à William Blake:

"Um pintarroxo na gaiola
Enfurece o céu inteiro".

Meu Deus, temendo o céu enfurecido, eu necessitava – à Joseph Brodsky – que tal soneto, quase anti-soneto, como disse no último terceto (∞ – O SONETO – *Itália séc.XII*) pudesse ser "um acelerador".

De fato, eu não escrevia um livro de sonetos e nem sonetos para ser um livro, mas – aproveitando uma imagem de Neruda – construía: "Pequenas casas de catorze tábuas".

Pensava comigo mesmo: "Com a árvore de della Vigna, farei uma vila de casas iguais, conjuntas, contíguas, paredes-meias, cujo número não importa, porque são todas uma casa só". E fui, de um lado ao outro da rua, plantando casas como quem planta árvores à beira do abismo, para seguir o conselho desnaturado de Nietzsche: "Construí as vossas casas junto ao Vesúvio!" Achando que daquele chão não poderia nascer uma casa distinta – uma era todas e todas eram uma – pois sairiam do mesmo punhado de sementes do mal. Estranhamente, enquanto lembrava ou estudava um nome – uma residência – outro tomava às vezes a dianteira e aquele não aparecia mais. Era injusto com muitos que não viriam morar. Sentia falta de alguém que me escapava, do vizinho da esquerda ou da direita, da casa que não se fez, do terreno baldio onde não podia escrever "vende-se" ou "aluga-se".

Contudo, mesmo com desenho idêntico, planta igual – área, medida, cor, conformidade – cada casa era díspar. Diria que o morador fez sua própria casa, se não dissesse que ele era a casa. Com as sementes de dor, deu-se o contrário. Por mais que me afastasse, ou quisesse me afastar do croqui – do desenho casa – estava cingido a ele.

Já que o problema do duplo não era juntar, mas desunir, resolvi afastar a dor do mal, mesmo que ficassem presos feito os cães – como diria Lucrécio – "pelo poderoso vínculo de Vênus".

Cada livro continuou sendo o duplo do outro: o mal e a dor. Em uma expressão: que o mal fosse tratado pelo mal, pois só o mal conhece bem o mal – e a dor fosse tratada por si mesma, pois só a dor conhece bem a dor. Porém, a dor já tinha um nome – *Alfa* – e o mal não tinha como se chamar. Frente à minha insistência no – *mal-dito* – o dito mal, poemas ou retratos, Sêneca poderia concluir: "O mal se manifesta em inúmeras espécies diferentes, mas todas levam ao mesmo resultado: a insatisfação consigo mesmo".

É impossível amover o mal da culpa, mesmo que seja ela a – *felix culpa* – de Adão, confessada por Santo Agostinho e, também, por John Milton – *O paraíso perdido:*

"Não sei se me desonre ou se me ufane
Do meu pecado, ao ver que dele surge
Mais glória para Deus e o bem dos homens".

Fiz, comigo, uma nova digressão, do que havia por dentro e não por fora.

Um poeta não pode ser Pilatos. Ele sabe que nenhuma bacia de sangue há de lavar das suas mãos a culpa. O poeta é um ser culpado. Pode-se, inclusive, substituir o substantivo (ser) pelo verbo: um ser culpado. Assim o poeta é um estar em culpa, um permanecer culpado. O ser e estar – heiddegerianos – adquirem, aqui, o mesmo sentido: o poeta é um ser culpado por estar em culpa. A culpa não é somente dele, a culpa é ele. Em outra expressão: a culpa não é apenas do seu destino, mas o seu destino é a culpa. Franz Greillparzer compara a poesia à pérola: "O produto do molusco enfermo". Porém, em vez do "molusco enfermo", o que existe é um *molusco culpado*. A enfermidade, a própria ferida – que é um grão de areia – teria a mínima proporção diante do mal ou da culpa. O remorso é uma ferida moral e mortal. O próprio vocábulo (do latim – *remorsu* – *remorsus*) significa remordido, mordido de novo. Mas o pior de tudo é que o grão de areia – o dente que fere o molusco – finda envolvido por ele, incorporado a ele, como na poesia do *Aurélio*:

"Um glóbulo duro, brilhante e nacarado".

Novamente fechei o meu parêntesis.

A loucura – mágica, mística, mítica e erótica – também mereceria ser considerada, ora por Rimbaud – "E andei pilheriando com a loucura" – ora por Edgar Allan Poe – "Nunca estive *realmente* louco, exceto em ocasiões em que meu coração foi magoado" – ora por Foucault – "Enquanto o homem racional e sábio só percebe desse saber algumas figuras fragmentárias – e por isso mesmo mais inquietantes –, o Louco o carrega inteiro em uma esfera intacta: essa bola de cristal, que para todos está vazia, a seus olhos está cheia de um saber invisível" – ora por Roland Barthes – "Todo escritor dirá então: *louco não posso, são não me digno, neurótico sou*".

A maldição da marca de Caim, ou a anteface grega da tragédia, é o desumano que há no rosto humano.

Desde o semblante às faces da palavra, cada soneto era um retrato duplo. Como eu tinha escrito um *Relato das chuvas* – sobre o mal, logo escrevi um outro – sobre a dor. Tais textos haviam adquirido vida própria e, obviamente, seriam publicados à parte. Enfim, lembrei-me de T. S. Eliot – nos incomparáveis versos do final de *The waste land:*
"Com estes fragmentos escorei as minhas ruínas
À fé que vos darei o que é devido. Jerônimo
está de novo louco.
Datta. Dayadhvam. Damyata.
Shantih shantih shantih".

De súbito, as múltiplas figuras, ou as constantes faces inconstantes, trouxeram um outro nome: *Daguerreótipo*. A fotografia que, no seu início, foi amada por Proust, odiada por Baudelaire, fustigada por Flaubert e temida por Balzac, teve quatro inventores: Niépce, Daguerre, Talbot e Bayard. Durante a sua fase de reprodução única, Louis Jacques-Mandé Daguerre fez Kierkegaard dizer: "Com o daguerreótipo todos poderão ter o seu próprio retrato (...) de sorte que só precisamos de um retrato". Talvez por ser um pintor, Daguerre pôde antecipar o que haveria de arte no seu invento.

Tal nome foi, para mim, a revelação de uma fotografia colorida em preto e branco – um negativo do mal – que resultou em positivo. Não era – à James Joyce – um *Retrato do artista quando jovem*, nem – à Dylan Thomas – um *Retrato do artista quando jovem cão*, tampouco – como escrevi em *Sísifo* – um *Retrato do cão quando jovem artista*, mas um arquétipo do mal, ou da consciência do mal, feito *O retrato de Dorian Gray* – de Oscar Wilde. Contudo, o que mais justificou o título definitivo, foi a descoberta de que o mal já estava inserido nele – conforme a epígrafe da também suicida Diane Arbus – "Sempre pensei em fotografia como uma maldade" – e de que o vocábulo pluralizado – *Daguerreótipos* – como cópias do mal reproduzido, tinha algo "da guerra e de tipos", ou "ó tipos".

Também "guerra", tornado germanismo (*werra* – guerra) soava em seu latim (*bellum* – guerra) outro som de (*bellus* – belo). Logo (*bellum* e *bellus*) guerra e belo, que tratavam da morte e da beleza, em Basílio da Gama – no *Uraguai* – eram, juntos, o rosto de Lindóia:

"Tanto era bela no seu rosto a morte".

Portanto, leitor, eis os tipos da guerra com as palavras, ou da guerra com a arte e seu destino, ou da guerra com a guerra propriamente.

M. A.

O AUTOR

MARCUS (MORAES) ACCIOLY nasceu no engenho *Laureano*, Aliança, Pernambuco, a 21 de janeiro de 1943. É formado em Direito pela Universidade Católica de Pernambuco, e pós-graduado em Letras pela Universidade Federal de Pernambuco. Sua poesia já foi traduzida para o espanhol, francês, alemão. Possui poemas musicados por Capiba, Cussy de Almeida, César Barreto, Josefina Aguiar, Fernanda Aguiar, Paulo Fernando Gama, Arnaut Matoso, Sandro Guimarães de Salles, Édison D'Ângelo, Demétrio Rangel, Genivaldo Rosas e outros. Além de *Íxion – uma tragédia à grega* – teve livros adaptados e encenados, como peças de teatro, em São Paulo, Bahia e Pernambuco. Foi integrante do *Movimento Armorial* e – com o seu irmão Nestor Accioly – apresentador e declamador da *Orquestra Armorial de Câmera*. Tem sido escritas dissertações de mestrado e teses de doutorado sobre a sua obra. Exerceu, entre várias funções públicas, a de Coordenador Cultural do Nordeste/Ministério de Educação e Cultura (gestão Eduardo Portella), Chefe da 4ª Superintendência Regional da Secretaria de Cultura da Presidência da República (gestão Sergio Paulo Rouanet) e a de Secretário Executivo do Ministério da Cultura (gestão Antônio Houaiss). Pertenceu ao Conselho Federal de Cultura e ao Conselho Nacional de Política Cultural, Rio de Janeiro. Faz parte do Conselho Estadual de Cultura de Pernambuco. Professor (aposentado) de Teoria Literária da Universidade Federal de Pernambuco, ocupa, na Academia Pernambucana de Letras, a cadeira nº 19, deixada pelo poeta João Cabral de Melo Neto. Lançado por César Leal no *Suplemento Literário* do Jornal *Diário de Pernambuco*, em 1967, entre 1968 e 2008 – os 40 anos da sua carreira literária – Marcus Accioly publicou quinze livros e possui dez inéditos. Faz parte da Geração-60 que, no Recife, é denominada de Geração-65.

A) *Livros Publicados*

Cancioneiro. Recife, Editora Universitária, 1968.
Nordestinados. Recife, Editora Universitária, 1971.
- 2ª edição, Rio de Janeiro, Edições Tempo Brasileiro/INL, 1978.
- 3ª edição, Rio de Janeiro, Editora José Olympio/FUNDARPE.

Xilografia – Poesia gravada por José Costa Leite. Recife, Companhia Editora de Pernambuco, 1974.
- 2ª edição, Recife, Companhia Editora de Pernambuco, 2006.

Sísifo. São Paulo, Edições Quíron/INL, 1976.

Poética - Pré-Manifesto ou Anteprojeto do Realismo-Épico. Editora Universitária, 1977.
2ª *Edição Comemorativa de Trinta Anos*, Recife, Edições Bagaço, 2005.

Íxion. Rio de Janeiro, Edições Tempo Brasileiro, 1978.

Ó(de)Itabira. Rio de Janeiro, Editora José Olympio/INL,1980.

Guriatã – um cordel para menino. Rio de Janeiro, Editora Brasil América, 1980.
- 2ª edição, São Paulo, Editora Melhoramentos, 1988.
- 3ª edição, São Paulo, Editora Melhoramentos, 2000.
- 4ª edição, Recife, Edições Bagaço, 2005.
- 5ª *Edição Comemorativa dos Vinte e Cinco Anos e mais Um*, Recife, Edições Bagaço, 2006,

Narciso. Rio de Janeiro, Editora Francisco Alves Conselho Municipal de Cultura/Fundação de Cultura Cidade do Recife, 1984.

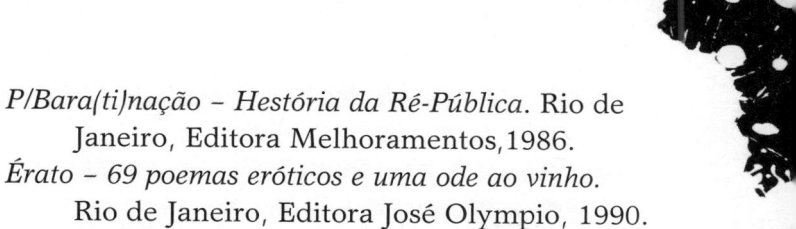

P/Bara(ti)nação – *Hestória da Ré-Pública*. Rio de
   Janeiro, Editora Melhoramentos,1986.
Érato – *69 poemas eróticos e uma ode ao vinho*.
   Rio de Janeiro, Editora José Olympio, 1990.
O jogo dos bichos. São Paulo, Editora Melhoramentos, 1990.
Latinomérica. Editora Topbooks, Rio de Janeiro. 2001.
Daguerreótipos. Escrituras, São Paulo. 2008.

B) Prêmios Literários

Recife de Humanidades/1972, Pernambuco.
Fernando Chinaglia/1979, da União Brasileira Escritores, Rio de Janeiro.
Láurea Altamente Recomendável para o Jovem/1980, da Fundação Nacional do Livro Infantil e Juvenil, Rio de Janeiro.
Luiza Cláudio de Souza/1980, do Pen Clube, Rio de Janeiro.
Mário de Andrade/83 (conjunto de obra), da Academia Brasiliense de Letras, Brasília.
Jorge de Lima/1983, da Universidade Federal de Alagoas e Academia Alagoana de Letras, Alagoas.
Carlos Pena Filho/1983, da Galeria – O Poeta e do Commercio Cultural, Pernambuco.
Associação Paulista dos Críticos de Arte/1985 – APCA – São Paulo.
Olavo Bilac/1985, da Academia Brasileira de Letras, Rio de Janeiro.
Leandro Gomes de Barros/1996 (conjunto de obra), da Secretária de Cultura do Estado de Pernambuco e do Ministério da Cultura, Brasília.

República Helênica/2002, do Consulado Geral da
Grécia, Rio de Janeiro.
João Cabral de Melo Neto/2002 – da União
Brasileira de Escritores, Rio de Janeiro.

C) *Em antologias*

Cinco poetas da Geração 65. Padre Romeu
Peréa. Recife, Companhia Editora de
Pernambuco, 1975.
Expressão literária em Gilberto Freyre. Recife,
Conselho Estadual de Cultura/Companhia
Editora de Pernambuco, 1981.
A Cor da onda por dentro, Maria de Lourdes
Hortas. Recife, Edições Pirata, 1981.
*Presença poética do Recife: Crítica e Antologia
Poética*, Edilberto Coutinho. Rio de Janeiro,
José Olympio; Recife, FUNDARPE, 1983.
Carne viva: 1ª. antologia de poemas eróticos,
Olga Savary. Rio de Janeiro, Ânima, 1984.
Poetas contemporâneos, Henrique L Alves.
São Paulo, Roswitha Kempf, 1985.
Poetas da rua do Imperador. Eduardo Magalhães,
Vital Corrêa, Iran Gama, Paulo
Bandeira Cruz. Recife, Pool Editorial, 1986.
Antologia da poesia brasileira contemporânea,
Carlos Nejar. Lisboa, Imprensa Nacional
Casa da Moeda, 1986.
Álbum do Recife, Jaci Bezerra. Recife, Prefeitura
Municipal do Recife, 1987.
O Vôo da paz, Durval Rosa Borges. São Paulo,
Rotary Club de São Paulo, Ibrasa, 1987.
Memórias de Hollywood, Julieta de Godoy
Ladeira. São Paulo, Nobel, 1987.

Português em sala de aula, Sônia Junqueira. São Paulo, Editora Ática, 1989.
Poemas de amor: Antologia das melhores poesias de amor do mundo inteiro, Walmir Ayala. Rio de Janeiro, Ediouro S.A., 1991.
Natal pernambucano, Antônio Campos. Recife, Edições Bagaço, 1992.
De amar e Amor. Jorge Soler. Vitória do Espírito Santo, Fundação Ceciliano Abel de Almeida, 1992.
Poesia sempre. Rio de Janeiro, Fundação Biblio teca Nacional (Brasil) Ano I, N°.1, 1993.
Nordestinos: coletânea poética do Nordeste brasileiro, Pedro Américo de Farias. Lisboa, Editorial Fragmentos LDA, 1994.
Bar Savoy, Edilberto Coutinho. Recife, Edições Canto do Poeta, 1995.
Uma Vida: Antônio Houaiss, Vasco Mariz. Rio de Janeiro, Editora Civilização Brasileira, 1995.
Treze poetas da Geração-65: 30 anos. Tereza Tenório, Jaci Bezerra. Recife, FUNDARPE, 1995.
Sincretismo – a poesia da Geração 60 : introdução e antologia, Pedro Lyra. Rio de Janeiro, Topbooks/Fundação Cultural de Fortaleza/Fundação Rio Arte, 1995.
Poesia viva do Recife, Juareyz Correia. Recife: Editora Nordestal/Companhia Editora de Pernambuco, 1996
Escritores vivos de Pernambuco: Literatura Brasileira: Antologia II, Eraldo Gomes Oliveira, Cleonice Nogueira Ferraz, Hellen Reis Bezerra. Recife, Biblioteca Pública Estadual/ Companhia Editora de Pernambuco, 1997.

Modernismo brasileiro: Und die Brasilianische Lyrik der Gegebwart Curt Meyer Clason. Alemanha, Druckhaus Galrev, 1997.
Poéts du Brésil: Chemins Scabreux : Revue Litteraire Bilingue. Lourdes Sarmento. Paris, Editions Vericuetos, 1997.
História de Pernambuco, Célia Siebert. São Paulo, FTD, 1998.
O clarim e a oração – Cem anos de Os Sertões. Rinaldo de Fernandes. São Paulo, Geração de Comunicação Integrada Comercial Ltda., 2002.
Os cem menores contos brasileiros do século. Marcelino Freire. São Paulo, Ateliê Editorial, 2004.
Poesía Hoxe. Alexei Bueno. Galícia, Santiago de Compostela, Danú Editorial, 2004.
Evaristo de Moraes Filho, um intelectual humanista. Elina Pesanha, Glaucia Villas Bôas, Regina Lúcia Morel. Rio de Janeiro, Academia Brasileira de Letras, Topbooks, 2005.
Pernambuco, terra da poesia: um painel da poesia dos séculos XVI a XXI, Antônio Campos, Cláudia Cordeiro. Recife, Instituto Maximiano Campos, São Paulo, Editora Escrituras, 2005.
Antologia comentada de literatura brasileira – poesia e prosa. Magaly Trindade Gonçalves, Zélia Thomaz de Aquino, Zina C. Bellodi. São Paulo, Editora Vozes, 2006.
Quartas Histórias – Rinaldo de Fernandes. Rio de Janeiro, Editora Garamond Ltda., 2006.
Panorâmica do conto em Pernambuco. Antônio Campos e Cyl Gallindo. Escrituras/IMC, 2007.

D) *Em livros, dicionários & enciclopédias*

Recordações de um desterrado em Fernando de Noronha. Hélio Fernandes. Rio de Janeiro, Editora Tribuna da Imprensa S. A., 1967.
Dicionário literário brasileiro, Raimundo de Menezes. Rio de Janeiro/São Paulo, Livros Técnicos e Científicos Editora S.A., 1978.
Dicionário crítico de literatura infantil/juvenil, Nelly Novaes Coelho. São Paulo, Edições Quíron Ltda, 1983.
Enciclopédia de literatura brasileira, Afrânio Coutinho. Rio de Janeiro, Ministério da Educação/Fundação de Assistência ao Estudante, 1985.
Bibliografia brasileira de literatura infantil e juvenil. São Paulo, Prefeitura do Município de São Paulo/Secretaria Municipal de Cultura/Departamento de Bibliotecas Infanto-Juvenis/Biblioteca Infanto-Juvenil Monteiro Lobato, 1992.
Agenda permanente da Literatura Brasileira. Rio de Janeiro, Fundação Biblioteca Nacional, 1993.
Dicionário biobibliográfico de poetas pernambucanos, Lamartine Moraes. Recife. Fundação do Patrimônio Histórico e Artístico de Pernambuco, 1993.
História da Literatura Brasileira. Luciana Stegagno Picchio. Rio de Janeiro, Editora Nova Aguilar S. A., 1997.
Uma história da Poesia Brasileira. Alexei Bueno. Rio de Janeiro, G. Ermakoff Casa Editorial, 2007.

E) Livros, dissertações e teses de pós-graduação sobre o autor

Sísifo: tradição e modernidade, Maria Cristina Prates Fraga. Universidade Federal do Rio de janeiro, 1993. Dissertação de Mestrado em Literatura (inédita).

A poética do espelho – apresentação de Narciso: um poema épico pós-moderno, Magnólia Rejane Andrade dos Santos. Universidade Federal de Pernambuco, Dissertação de Mestrado em Teoria Literária. Curitiba, HD Livros Editora, 1995.

Guriatã – um cordel para menino: uma viagem mítica ao "país-paraíso". Neide Medeiros Santos. Universidade Estadual Paulista, Faculdade de ciências e Letras, Tese de Doutorado em Letras. João Pessoa, Editora Idéia, 2005.

Um novo velho do Restelo – a épica "satírica" de Latinomérica. Saulo Neiva – edição bilíngüe – francês/português. Recife Edições Bagaço, 2007.

Epos latino-americano e emancipação intelectual em Latinomérica de Marcus Accioly. Ricardo Soares da Silva. Universidade Federal de Pernambuco, Recife, 2008. Tese de Doutorado em Letras (inédita).

Impresso em São Paulo, SP, em outubro de 2008,
com miolo em chamois 80 g/m²,
nas oficinas da Bartira Gráfica.
Composto em Garth Graphic, corpo 12 pt.

Não encontrando esta obra nas livrarias,
solicite-a diretamente à editora.

Escrituras Editora e Distribuidora de Livros Ltda.
Rua Maestro Callia, 123
04012-100 – Vila Mariana – São Paulo, SP
Tel.: (11) 5904-4499 / Fax: (11) 5904-4495
escrituras@escrituras.com.br
vendas@escrituras.com.br
imprensa@escrituras.com.br
www.escrituras.com.br